17
18
K
L
M
N
Bd St. DENIS
BOULD. St. MARTIN
Porte St Martin
STRASBOURG ST. DENIS
RÉAUMUR SÉBASTOPOL
ARTS ET METIERS
Arts et Metiers
R. de Cléry
Aboukir
R. d'Alexandrie
Rue du Caire
RUE ST. DENIS
BD SÉBASTOPOL
RUE ST. MARTIN
RUE DE TURBIGO
RUE RÉAUMUR
R. GRENETA
R. DES GRAVILLIERS
Rue Chapon
Montmorency
R. Michel le Comte
R. BEAUBOURG
RUE DU TEMPLE
R. DES ARCHIVES
Rue Pastourelle
R. de Beauce
R. de Bretagne
Square du Temple
Lycée Turgot
Temple
MESLAY
NAZARETH
VERTBOIS
VOLTA
Rue Vaucanson
Rue Blondel
R. Quincampoix
R. aux Ours
R. de Venise
RAMBUTEAU
Rambuteau
CENTRE GEORGES POMPIDOU
Archives Natles
R. DU RENARD
R. de la Verrerie
RUE DE RIVOLI
Place de l'Hôtel de Ville
HÔTEL DE VILLE
R. DES FRANCS BOURGEOIS
R. VIEILLE DU TEMPLE
R. Barbette
R. Elzévir
R. des Rosiers
R. du Roi de Sicile
R. de la Bretonnerie
R. des 4 Fils
R. de Braque
R. des Haudriettes
R. Boulanger
R. de Lancry
1
2
3
4
5
7
8
10

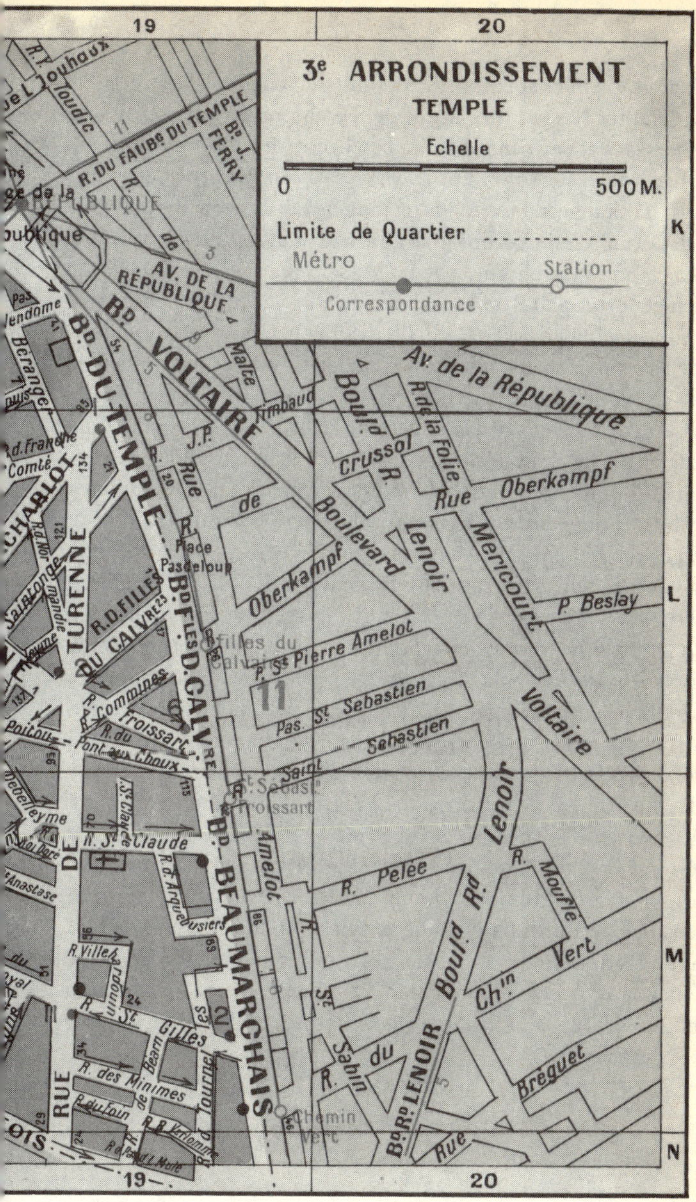
3e ARRONDISSEMENT
TEMPLE
Echelle
0
500 M.
Limite de Quartier
Métro
Station
Correspondance
19
20
K
L
M
N
R.du Faubg du Temple
Bd J. Ferry
Av. de la République
Bd Voltaire
Bd du Temple
Bd des Filles du Calvaire
Bd Beaumarchais
Rue de Turenne
Rue Oberkampf
Boulevard Richard Lenoir
Rue de Crussol
R. de la Folie Mericourt
P. Beslay
Voltaire
P. St Pierre Amelot
Pas. St Sebastien
Rue Saint Sebastien
R. Amelot
R. Pelée
R. Moufle
Chin Vert
Bréguet
R. du Chemin Vert
Bd Rd Lenoir
R. St Sabin
Filles du Calvaire
St Sébastien Froissart
Chemin Vert
R. Froissart
R. Commines
R. du Pont aux Choux
R. St Claude
R. St Gilles
R. des Minimes
R. Villehardouin
R. Charlot
R. de Saintonge
R. de Bretagne
R. Béranger
R. de Poitou
R. Debelleyme
R. Vieille du Temple
R. des Arquebusiers
Place Pasdeloup
R. Timbaud
R. de Malte
R. de Bearn
R. de Tournelles
R. Jouhaux
R. Y. Toudic
République
11

Zu diesem Buch

«Marais-Fieber» spielt im 3. Arrondissement von Paris. Als Privatdetektiv Nestor Burma auf die Leiche eines dubiosen Pfandleihers stößt, wird er sogleich in mehrere Mordfälle verwickelt.

Léo Malet, geboren am 7. März 1909 in Montpellier, wurde dort Bankangestellter, ging in jungen Jahre nach Paris, schlug sich dort unter dem Einfluß der Surrealisten als Chansonnier und «Vagabund» durch und begann zu schreiben. Zu seinen Förderern gehörte auch Paul Éluard. Eines von Malets Gedichten trägt den bezeichnenden Titel «Brüll das Leben an». Der Zyklus seiner Kriminalromane um den Privatdetektiv Nestor Burma – mit der reizvollen Idee, jede Folge in einem anderen Pariser Arrondissement spielen zu lassen – wurde bald zur Legende. René Magritte schrieb ihm, er habe den Surrealismus in den Kriminalroman hinübergerettet. «Während in Amerika der Privatdetektiv immer auch etwas Missionarisches an sich hat und seine Aufträge als Feldzüge, sich selbst als einzige Rettung begreift, gleichsam stellvertretend für Gott und sein Land, ist die gallische Variante, wie sie sich in Burma widerspiegelt, weitaus gelassener, auf spöttische Art eigenbrötlerisch, augenzwinkernd jakobinisch. Er ist Individualist von Natur aus und ganz selbstverständlich, ein geselliger Anarchist, der sich nicht von der Welt zurückzuziehen braucht, weil er sie – und sie ihn – nicht versteht. Wo Marlowe und Konsorten die Einsamkeit der Whisky-Flasche suchen, geht Burma ins nächste Bistro und streift durch die Gassen» («Rheinischer Merkur»). 1948 erhielt Malet den «Grand Prix du Club des Détectives», 1958 den «Großen Preis des schwarzen Humors». Mehrere seiner Kriminalromane wurden auch verfilmt; unter anderen spielte Michel Serrault den Detektiv Burma. In der Reihe der rororo-Taschenbücher liegen bereits vor «Bilder bluten nicht» (Nr. 12592), «Stoff für viele Leichen» (Nr. 12593) und «Spur ins Ghetto» (Nr. 12685). Léo Malet lebt in Paris.

Léo Malet

Marais-Fieber

Krimi aus Paris

Aus dem Französischen
von Hans-Joachim Hartstein

rororo

Rowohlt

Malets Geheimnisse von Paris

Les Nouveaux Mystères de Paris

Herausgegeben von
Pierrette Letondor und Peter Stephan

3. Arrondissement

21.–27. Tausend März 1990

Veröffentlicht im Rowohlt Taschenbuch Verlag GmbH,
Reinbek bei Hamburg, Dezember 1989

Abdruck der Karten mit freundlicher Genehmigung der
Éditions L'INDISPENSABLE, Paris
Umschlagillustration Detlef Surrey
Umschlagtypographie Walter Hellmann
Gesamtherstellung Clausen & Bosse, Leck
Printed in Germany
780-ISBN 3 499 12684 2

1.
Ein Herzenspfand

Die Hände tief in den Taschen meines Trenchcoats vergraben, so stand ich wie angewurzelt in einem Zimmer in der dritten Etage eines alten Kastens, Rue des Francs-Bourgeois. Meine feuchtnassen Finger umklammerten den kalten Kopf meiner Pfeife. Frühlingsstürme ließen das altehrwürdige Haus aufstöhnen.

Ein verregneter Frühling!

Heulend peitschte der Wind den Regen gegen die nackten Fenster. Durch die beschlagenen Scheiben blickte ich auf eine nasse Dachlandschaft. Der bleigraue Himmel verbreitete ein deprimierend giftiges Licht. Vor dem Mansardenfenster eines Nachbarhauses flatterte ein schmuddeliges Wäschestück traurig im Wind, wie zum Zeichen einer kläglichen Kapitulation. Das Haus links mußte wohl das Clisson oder das Soubise sein, in dem das Staatsarchiv untergebracht ist. Direkt gegenüber ragte ein hoher Schornstein aus dem Chaos der Dächer: der Ofen eines Bäckers oder der Kessel eines Gießers. Der Rauch stieg zu den Wolken hoch und vermischte sich mit ihnen.

Die Abenddämmerung brach früh herein und verdunkelte schnell das Zimmer, in dem ich mich befand. Eine halbhohe Theke teilte den Raum in zwei ungleiche Teile. Das Brett, das als Tür diente, war hochgeklappt.

Eine alte Remington stand auf dem Tisch im Hintergrund, daneben ein offenes Kassenbuch und alles, was man zum Schreiben braucht. Dazu ein übervoller Aschenbecher, eine Schreibtischlampe mit grünem Schirm, ein Telefon, eine Goldwaage, die es ebenso genaunahm wie eine Midinette; eine Juwelierlupe, ein Probierstein und noch andere Utensilien.

Hinter dem abgewetzten Ledersessel hing auf einer Stange eine ganze Kollektion von Kleidungsstücken. In den weißen Holzregalen an den Wänden stapelten sich in heillosem Durcheinander die verschiedensten Dinge. Zwischen einem

Opernglas und einer Pickelhaube von 1870 lag sogar ein Plüschbär. Ein sehr trauriger Anblick.

Der Tiger auf dem Kaminsims brüllte eine Möwe an, die bewegungslos auf einer erstarrten Welle ritt. Neben diesen Kunstgegenständen zerhackte eine Standuhr melancholisch die Zeit.

Auf dem Holzfußboden schwankte ein Stapel Bücher mit abgegriffenen Einbänden. Daneben lagen ein paar triste, mit schwarzem Tuch bezogene Kontobücher. Neben dem kalten Kamin stand ein Tresor.

Mitten in dieser staubigen Rumpelkammer, die das Elend anderer Leute gefüllt hatte, thronte der Hausherr, Onkel Samuel. Er sah mir starr in die Augen. Die Oberlippe hatte sich in einer spöttischen Grimasse leicht hochgeschoben und ließ seine Hasenzähne sehen.

Mit bürgerlichem Namen hieß er Jules Cabirol, ließ sich aber gerne Samuel nennen. Als Pfandleiher, der sich in der Nähe des Städtischen Pfandhauses niedergelassen hatte, meinte er, eine jüdische Note könne in seinem Beruf nicht schaden.

Als ich ihn so vor mir sah, fragte ich mich, wieviel er wohl für die kleine nackte Frau aus massivem Gold rausrücken würde, die auf seiner Brust zu tanzen schien. Uninteressant. Völlig uninteressant. Die kleine nackte Frau war der Griff eines Brieföffners. Die Klinge steckte in dem harten Herzen des alten Halsabschneiders. Viele arme Teufel waren zu ihm gekommen, um ihre Erinnerungen in ein Stück Brot verwandeln zu lassen. An diesem regnerischen Aprilnachmittag war die Lage von Onkel Samuel aber genauso hoffnungslos wie die seiner Kunden.

Vielleicht sogar noch hoffnungsloser.

2.
Flüchtige Schatten

An jenem Morgen hatte ich als erstes Kassensturz gemacht, sozusagen zum Mundausspülen. Es gibt Dinge, die mehr Zeit in Anspruch nehmen. Ich brauchte nur einmal meine Taschen umzudrehen, um mich davon zu überzeugen, daß es zu einem Frühstück und vielleicht noch zu einer Schachtel Zigaretten reichte. Sollte mir der Teufel nicht heute noch einen stinkreichen Klienten schicken, sah ich kaum einen Weg, aus diesem Schlamassel wieder rauszukommen. Hélène oder die anderen Mitarbeiter der Agentur Fiat Lux anzupumpen, kam nicht in Frage. Bei denen hatte ich sowieso schon genug Schulden. Und einen ungedeckten Scheck auszustellen, war zu riskant. Also konnte ich nur noch auf ein Wunder hoffen. Es wäre nicht das erste Mal in meiner abenteuerlichen Laufbahn gewesen, daß sich solch ein Wunder zur rechten Zeit ereignet hätte. Sollte sich das Wunder nicht einstellen, na schön! Dann würde ich eben den alten Goldschmuck versetzen, den mir Tante Isabeau hinterlassen hatte. Tantes Schmuck bei Onkel Samuel! So würde ich immerhin ein paar Stunden gewinnen. Resigniert hatte ich in meiner Wohnung gewartet und in regelmäßigen Abständen Hélène angerufen, die im Büro die Stellung hielt. Als um drei Uhr nachmittags weit und breit weder Klient noch Wunder zu sehen war, hatte ich mich zum Städtischen Pfandhaus aufgemacht, aber zu spät. Hatte das Schicksal die Hand im Spiel gehabt? Die Zweigstelle in der Rue des Francs-Bourgeois war jedenfalls schon geschlossen gewesen. Noch nicht lange; aber knapp zu spät ist auch zu spät. Sofort war mir Onkel Samuel in den Sinn gekommen, ein alter Bekannter von mir. Der machte gleich auf der anderen Straßenseite dem Städtischen Trödelladen Konkurrenz. Mit ihm konnte ich das Geschäft ebensogut abwickeln, wenn nicht noch besser.

Ich ging also durch die Toreinfahrt in den kleinen Hof. Es regnete stark, und ich zog den Kopf ein. Unten an dem engen, dunklen Treppenaufgang stand auf einem Emailschild, das früher einmal blau gewesen war:

SAMUEL-CABIROL
An- und Verkauf. Tauschgeschäfte. Gold, Silber, Verschiedenes. Kauf von Pfandscheinen. Dritte Etage.

Eine Hand mit ausgestrecktem Zeigefinger wies die Richtung.

Genau vor dem Eingang zum Treppenhaus spuckte eine Regenrinne Wasser. Eine Spezialität von Regenrinnen. Draufgängerisch sprang ich mit einem Satz durch den Wasserfall. Glücklich erreichte ich die erste Stufe.

Das junge Mädchen hatte ich weder gesehen noch gehört. Wir stießen zusammen. Durch meine ungewollte Brutalität landete sie beinahe auf dem Boden, wie eine wütend vom Schachbrett gepfefferte Dame. Dabei schien sie schon ohne mein umwerfendes Auftreten durcheinander zu sein.

Sie war etwas mehr als mittelgroß, trug einen Regenmantel, außen gelb, innen schwarz. Mit ihrem auseinandergefalteten Taschentuch tupfte sie sich die Nase und schniefte wie jemand, der erkältet ist – oder weint. Ihre Kapuze saß ganz schief auf dem Kopf und ließ ein paar blonde Haarsträhnen herausfallen. Das wenige, das von ihrem Gesicht zu sehen war, schien mir hübsch, aber nicht gerade sensationell. Aber schließlich befanden wir uns nicht beim Film, sondern in einem Haus, in dem Arbeiter, ein polnischer Schneider und ein kaum getarnter Wucherer wohnten.

Ich entschuldigte mich. Aus Gewohnheit versuchte ich so nebenbei einen kleinen Scherz:

„... Fast wär ich Ihnen um den Hals gefallen ... und wenn Ihr Lippenstift nicht kußfest ist ..."

Die übliche Leier.

Heute hast du nicht viel Erfolg bei den Damen, Nestor! Das mußte an meiner schmalen Brieftasche liegen. War mir wohl auf hundert Meter anzusehen, ohne Geigerzähler. Das junge Mädchen war schon auf die Straße gestürzt, stumm, immer noch schniefend. Als einzige Antwort zeigte sie mir die Absätze ihrer Schlangenlederschuhe und die schwarzen Nähte ihrer Nylonstrümpfe. Immerhin hing noch ihr feines, angenehmes Parfüm in der Luft; zu fein, um den kräftigen Geruch nach Katzenpisse erfolgreich zu bekämpfen oder sich auch nur mit ihm messen zu können. Der würzige Gestank beherrschte diese Gegend und eroberte sich schnell wieder seine althergebrachten Rechte.

Ich vergaß den Zwischenfall und ging die drei Etagen hoch, dachte an nichts Bestimmtes, nur noch an meine Geldsorgen. An der Tür zu Cabirols Büro hing eine verkleinerte Ausgabe des Schildes, das ich unten schon gesehen hatte. Daneben forderte ein handgeschriebener Zettel den Besucher auf, mehr oder weniger gleichzeitig zu klingeln und einzutreten. Ich klingelte, trat ein... Als ich den Vorraum durchquert hatte, stieß ich ein Wort aus, das mir vielleicht Glück brachte. Von übermäßigem Respekt vor dem Tod zeugte es allerdings nicht.

* * *

Ein Kampf hatte nicht stattgefunden. Oder nur ein ganz kurzer. Das absolute Minimum, das diese Sportart verlangt. Das letzte Aufbäumen eines Sterbenden. Einige Papiere und ein rosafarbenes Schuldnerjournal lagen verstreut auf dem Boden. Das war alles. Ansonsten herrschte Ruhe und Ordnung, kaum gestört durch Regen, Wind und dem unerschütterlichen Ticktack der Pendeluhr. Eine relative Ordnung allerdings. Das übliche Durcheinander für solch einen Ort, ein ordentliches Tohuwabohu. Selbst der Staub lag an seinem Platz, in den Ecken des Kamins und auf verschiedenen Gegenständen. Nein, kein Kampf. Nicht so eine abstoßend wilde Prügelei, bei der alles durch die Luft fliegt und die ganze Szenerie mit Blut vollgesaut wird. Die angewiderten Flics müssen dann hinterher die Verwüstungen protokollieren. Dies hier war ein sauberer Mord, stubenrein elegant, von langer Hand vorbereitet. Und dazu hatte der Hausherr selbst im richtigen Moment noch die Mordwaffe geliefert.

Onkel Samuel-Cabirol lag artig auf dem Rücken neben dem Sessel, von dem er anscheinend gerutscht war, nachdem er seine Portion abgekriegt hatte. Die Verpackungskünstler von Borniol konnten kommen. Ich wäre jede Wette eingegangen, daß er sozusagen im Stande der Sünde gestorben war. Wenn man genau hinsah, war sein Mund vielleicht gar nicht so spöttisch verzerrt. Seine Lippen waren rotverschmiert von einem angenehm duftenden Lippenstift. Meine Nase erinnerte sich noch ganz genau an diesen Duft, so flüchtig sie ihn auch wahrgenommen hatte.

Aus dieser Kleinigkeit konnte man 'ne Menge Schlüsse ziehen, richtige und falsche.

Die Alpaka-Jacke der Leiche war aufgeknöpft. Der Dolch steckte bis zum Heft in der Brust, heftete die linke Jackenhälfte an den Körper. Die andere Hälfte war über dem Arm zurückgeschlagen, so daß man nur das Futter sehen konnte. Aus der Innentasche schaute eine Maroquin-Brieftasche hervor, die von den Jahren und dem häufigen Gebrauch blank war.

Auch daraus konnte man seine Schlüsse ziehen. Zum Beispiel, daß man den Toten durchsucht hatte, daß man ihm was geklaut hatte...

Aber vielleicht nicht alles!

„Na also, da ist es ja, dein Wunder!" rief jemand und lachte dreckig.

Ausruf und Lachen kamen aus meinem Mund. Mir wurde ganz komisch zumute. Nach einem kurzen inneren Kampf ging ich zur Wohnungstür und verriegelte sie. Ich wollte bei meiner riskanten Arbeit ohne Netz und doppelten Boden nicht gestört werden. Also drehte ich den geriffelten Knopf rum. Das Klicken der Verriegelung trieb mir einen eiskalten Schauer über den Rücken. In böser Vorahnung wollte ich den Knopf wieder in die andere Richtung drehen. Fehlanzeige! Der Mechanismus bewegte sich keinen Milimeter. Ein Sicherheitsschloß eben, eine Sonderanfertigung. Ließ sich jetzt nur noch mit dem passenden Schlüssel öffnen. Ich war reif! Nach einer Schrecksekunde ging ich wieder zur Leiche zurück und durchsuchte sie. Ich fand bei ihr ein Schlüsselbund mit dem wichtigen Schlüssel und steckte es ein. In dieser Hinsicht war ich jetzt beruhigt. Dann schnappte ich mir vorsichtig die Brieftasche, die so ins Auge stach. Mir zitterten dabei richtig die Hände; aber was sein muß, muß sein. Diese Gelegenheit wollte ich nicht vorübergehen lassen. Außerdem war dieser Cabirol zu Lebzeiten ein ganz schönes Schwein gewesen. Einen Plüschbären als Pfand zu nehmen! Er verdiente es wirklich nicht, daß man ihm gegenüber irgendwelche Skrupel empfand.

Anscheinend handelte es sich hier nicht um Raubmord. In der Brieftasche befanden sich gut hundert Scheine, alles furchtbar schmierige Tausender. Ich nahm mir die Hälfte davon: für meine Auslagen und die Aufregung beim Entdekken der Leiche. Mit dem Geld in der Tasche fühlte ich mich gleich als anderer Mensch. Ich tat die Brieftasche wieder an ihren Platz. Dann unternahm ich den üblichen Rundgang. Berufliche Neugier.

Ich wäre besser ins Café gegangen. Erst kam ich in eine Art Lagerraum. Danach durchsuchte ich ein winziges Eßzimmer, eine noch winzigere Küche und ein muffiges Schlafzimmer. Nichts für mich dabei.

Nichts? Also, um genau zu sein... Wenn man nicht rechtzeitig abhaut, nützt auch kein Laufen!... Rechtzeitig abhaun! ...Solche Sprichwörter haben sich schon oft bewahrheitet. Man sollte sie ständig im Kopf haben. Das würde einem 'ne Menge Ärger ersparen.

Als ich nämlich wieder in das „Geschäftszimmer" von Cabirol zurückkam, kriegte ich eins mit dem berühmten stumpfen Gegenstand auf den Hinterkopf. Voller Illusionen machte ich sofort ein paar Luftsprünge, in der Art von Serge Lifar oder Yvette Chauviré, den Sternen am Balletthimmel. Sekunden später sah ich dann Sterne genug. Ein erstklassig inszeniertes Erdbeben in Technicolor. Im Fallen hörte ich eine innere Stimme flüstern: ‚Wie gewonnen, so zerronnen.' Und: ‚Unrecht Gut gedeihet nicht.'

An diese beiden Sprichwörter hatte ich gar nicht gedacht!

* * *

Yvette Chauviré, Zizi Jeanmaire oder Ludmilla Tcherina. Ich legte mich nicht fest. Eine dieser Damen vom Ballett. Egal welche. Die kleine nackte Frau aus massivem Gold tanzte auf meiner Brust. Vorher hatte sie auf Cabirols Brust getanzt. Zwei weiße Satinschühchen kitzelten mich an der linken Seite. Das Parfüm der kleinen nackten Frau stieg mir in die Nase. Das wohlbekannte Parfüm! Ich hatte es schon zweimal geschnuppert. Der Lippenstift – oder das, was zu ihm gehörte und dem Pfandleiher das Gesicht verzerrt hatte.

Fluchend versuchte ich, mich zu bewegen, rollte mich hin und her, öffnete mit Mühe die Augen.

Ich lag auf dem Bauch, den Kopf verdreht auf einem hübschen Schiefhals, das Ohr am Boden wie ein Indianer auf Kriegspfad, der die feindlichen Geräusche belauert. Ganz in meiner Nähe lag friedlich Cabirol.

Wir zwei bildeten ein nettes Paar. Ein niedliches Stilleben mit Pendeluhr, wie man sie hier im Viertel in Mengen herstellt.

Großer Gott! Wie lange lag ich wohl schon da? Durch den Schleier vor meinen Augen sah ich die verschiedenen Gegenstände deutlicher als vorher. Mir kam es so vor, als würden sie beleuchtet. Durch das Tageslicht (ein neuer Tag?) oder durch künstliches Licht?

Ich schloß die Augen.

Die kleine nackte Frau tanzte nicht mehr auf meinem Brustkorb. Nur ihr betäubendes Parfüm hielt sich hartnäckig.

Ich öffnete die Augen wieder.

Wenige Zentimeter vor meinem Gesicht stand ein kleiner Fuß in einem Schlangenlederschuh. Der Absatz trat auf eine Zigarettenkippe. Das zum Fuß gehörende Bein steckte in einem Nylonstrumpf. Ein hübsches Bein. Ich fluchte wieder und versuchte, mit der Hand den Knöchel zu packen. Bein und Fuß verschwanden ganz plötzlich aus meinem Gesichtsfeld. Es machte ‚klick', und um mich herum wurde es wieder dunkel. Eine Tür wurde zugeschlagen. Stille. Daneben tausend Geräusche: der Wind heulte, der Regen trommelte gegen die Fenster, die Wanduhr tickte und vibrierte seltsam. Außerdem dröhnte es in meinen Ohren. Gekitzelt wurde ich aber nicht mehr... auch nicht von dem Parfüm. Es roch nur noch muffig nach Staub und Feuchtigkeit. Dazu ein abgestandener ekliger Geruch, der mich beinahe wieder aus den Latschen kippen ließ.

Aber das war jetzt nicht der richtige Augenblick dafür. Ich stützte mich auf die Ellbogen, schaffte es, auf allen Vieren zu knien. Diese Stellung behielt ich eine Weile bei, bewegte den Kopf hin und her. Vor mir schaukelte die verschwommene Gestalt von Cabirol. Endlich gelang es mir, mich mit Hilfe der Möbel auf meine zittrigen Beine zu stellen.

Um mich herum wurde es immer dunkler. Ich hatte das Bedürfnis, klar zu sehen. In jeder Hinsicht. Die Dunkelheit verstärkte meine Schwindelgefühle. Etwas Licht würde sie vielleicht verscheuchen. Ich drückte auf den Knopf im Fuß der Schreibtischlampe. Die plötzliche Helligkeit traf den Griff des Brieföffners und ließ ihn glänzen. Die massivgoldene nackte Frau war aber nicht gewandert; das hatte ich geträumt. Sie stand immer noch auf Cabirols Brust, nicht auf meiner. Unbeweglich hielt sie Wache, ein Bein in die Luft gestreckt. Irgendwie war mir das auch lieber.

Den Dolch hatte man also nicht berührt. Dafür aber zwei andere Dinge: die Lippen des Toten, von denen die Spuren des Lippenstifts abgewischt waren, und die Brieftasche, die die Jackentasche nicht mehr ausbeulte. Nach meiner Geldanleihe hatte ich sie wieder dorthin zurückgesteckt. Mir kam da so eine Idee, und ich suchte bei mir nach den fünfzig Scheinchen. Ich hatte sie immer noch. Glück gehabt. Während ich mich darüber freute, läutete das Telefon.

Ich war noch zu sehr im Tran, stand zu nah am Apparat, um meine Reflexe kontrollieren zu können. Als ich mir über meine Unvorsichtigkeit klar wurde, berührte der feuchtklebrige Hörer schon mein Ohr. Im Hintergrund hörte ich *La Valse des Orgueilleux*, dann eine Stimme:

„Sind Sie's, Cabirol?"

Eine junge Stimme, gehetzt, verstellt. Ein Ungeduldiger,

der unbedingt eine wichtige Information loswerden wollte. Jedenfalls hatte ich den Eindruck. Vielleicht dramatisierte ich auch die Situation, die sich sehr gut fürs Drama eignete.

„Wen wünschen Sie, bitte?" fragte ich.

Keine Musik mehr, nur noch die Stimme:

„Temple 12-12."

Temple 12-12. Wunderbar. Die Telefonnummer des alten kalten Wucherers. Sie stand auf der Wählscheibe vor mir. Trotzdem fragte ich noch mal nach:

„Temple – wie war die Nummer?"

„12-12."

Jetzt wieder eine beschwingte Musik, als Begleitung für den Fluch, den der Pechvogel zusammen mit der Nummer durch die Leitung schickte. Es wurde ihm sicher so langsam unbehaglich.

„Sie haben sich verwählt."

Mein Gesprächspartner knallte den Hörer auf die Gabel. Keine Entschuldigung. Ich legte ebenfalls auf. Dann holte ich mein Taschentuch hervor und machte etwas Hausputz. Als ich den Hörer abgewischt hatte, sagte mir die Vorsicht, ich solle mich aus dem Staub machen.

Ich war wirklich schon zu lange hier und machte Dummheiten. Außerdem schienen sich zu viele Leute verabredet zu haben, auf unterschiedliche Art und Weise, mit unterschiedlichen Absichten.

Ich sah noch einmal zu Onkel Samuel und seinem Trödelkram hinüber. Dann knipste ich das Licht aus und ging zur Tür.

Plötzlich überkam mich ein eigenartiges Gefühl, so als hätte ich alles schon einmal erlebt. Nur eine flüchtige Ahnung, die sich sofort wieder verwischte und im Nebel verschwand. Eine verschwommene Erinnerung, die einem zuzwinkert, mehr nicht, und dann wieder verblaßt, schneller als ein hüpfendes Irrlicht. Allerdings weniger angenehm, denn sie hinterläßt ein Gefühl der Unzufriedenheit.

Ich versuchte erst gar nicht, diesem seltsamen Geistesblitz näher auf den Grund zu gehen. Mich hier in der Gegend aufzuhalten, wurde mit jeder Minute gefährlicher. Ich trat in den

Hausflur. Mir kam der Gedanke, daß man nicht ohne böse Folgen eins verpaßt kriegt.

Auf der Treppe hörte ich oben das Telefon wieder klingeln, wütend und hartnäckig. Schien mir jedenfalls so. Das ist auch so was, was man sich in solchen Situationen einbildet. Hat überhaupt nichts zu sagen.

Draußen war die Nacht schon frühzeitig hereingebrochen. Das Licht der Straßenlaternen spiegelte sich auf dem nassen Asphalt wider. Es hatte aufgehört zu regnen, aber der Himmel war schwarz und trächtig wie eine reife Frucht. Das bedeutete nichts Gutes. Nur die Ruhe vor dem Sturm. Das einzige, was an Frühling erinnerte, war die sanft streichelnde Brise. Vor einem Gully, der die Wassermengen nicht bewältigen konnte, hatte sich ein richtiger See gebildet. Die Autos scherten sich einen Teufel darum. Wenn sie vorbeifuhren, überschwemmten dreckige Wassermassen den Bürgersteig. Außer vor dieser riesigen Pfütze spazierten die Leute ruhig durch die Straßen. Sie gingen an dem Haus der Tragödie vorbei, ohne zu ahnen, daß dort in einem sehr kurzen Zeitraum jemand ermordet, bestohlen und niedergeschlagen worden war. Eine stramme Leistung. Alle Achtung! Das Quartier du Marais ist bekannt für seine guten Arbeiter, die besten seit jeher.

Ich überquerte die glatte Fahrbahn und ging zur Bushaltestelle. Dort warteten mehrere Leute auf die 66. Ich wartete auf etwas anderes. Meiner Meinung nach hatte der Anrufer zu aufgeregt geklungen. Er kam bestimmt selbst vorbei, um nachzusehen, was bei Cabirol los war. Denn der war ja dem Läuten des Telefons gegenüber taub geblieben. Ich wollte mir den Kerl mal näher ansehen. Konnte nicht schaden.

Ein Bus kam, füllte sich, fuhr weiter. Ich bleib alleine zurück, hatte aber keine Angst, wegen meiner Ausdauer aufzufallen. In dieser Gegend von Paris bleiben oft Touristen vor den alten hochherrschaftlichen Häusern stehen, die den Spitzhacken der Abbrucharbeiter bisher noch nicht zum Opfer gefallen sind. Und genau vor mir, Ecke Rue des Francs-Bourgeois und Rue Vieille-du-Temple, stand ein schlanker Alibi-

Turm, der schon vor einigen Jahrhunderten erbaut worden war. Ganz sicher die *Tour Barbette*, letzter Überrest des Stadthauses von Isabeau von Bayern... In irgendeiner Zeitung hatte ich kurz vorher einen Artikel darüber gelesen. Als im Jahre 1407 der Herzog von Orléans, der Bruder des Königs, Hals über Kopf dieses Haus verließ, wurde er von den Killern von Jean-sans-Peur, dem Furchtlosen, überfallen und fachmännisch umgebracht... Wie man sieht, hab ich ein Händchen für Verbrechen. Ich stolperte sogar über historische. Eine Gabe des Teufels!

Ein junger Mann hastete auf der anderen Seite vorüber und brachte mich wieder zurück ins 20. Jahrhundert. Vielleicht war das auch nur ein Staatsbürger wie jeder andere, geimpft und wahlberechtigt. Er unterschied sich durch nichts von denen, die ihm entgegenkamen. Grauer Übergangsmantel, Schlapphut, ebenfalls grau, und wahrscheinlich eine Armbanduhr wie jeder. Aber mein Instinkt befahl mir aufzupassen. Und als er dann noch ohne Zögern unter dem Torbogen des Hauses verschwand, aus dem ich eben herausgekommen war, schwanden meine letzten Zweifel. Jetzt wollte ich nur noch wissen, wann die Flics auf der Bildfläche erscheinen und um den toten Cabirol herumschwirren würden wie Fliegen um verdorbenes Fleisch.

Ich verließ meinen Wachposten, überquerte die Straße und stellte mich in angemessener Entfernung des Torbogens auf. Ich wollte nichts verpassen, falls es was zu sehen gab.

Zu sehen gab es erst einmal wieder den jungen Mann. Aber da er in die andere Richtung ging und mir den Rücken zukehrte, wußte ich immer noch nicht, wie sein Gesicht aussah. Er ging wieder recht flott, aber weder schneller noch langsamer als vorher. Ich zögerte ein paar Sekunden. Vielleicht war das der Anrufer, vielleicht aber auch nicht. Vielleicht kam er gerade von Cabirol, vielleicht aber auch nicht. Vielleicht konnte ich ihn laufenlassen, vielleicht sollte ich ihm folgen. Kein Gesetz untersagte mir, ihm zu folgen. Und dann, selbst wenn... Ich folgte ihm.

Er ging in Richtung Rue Rambuteau, bog dann in die Rue

des Archives ein. Vorbei an der Fontaine des Haudriettes, dann in die Rue Pastourelle. Die Bürgersteige hier sind halsbrecherisch und außerdem noch schmal und voller Menschen, so daß man ständig auf die Straße ausweichen muß. Als mein Mann zur Rue du Temple kam, genau in der Höhe der Schaufenster des Scherzartikelladens *Omnium du Rire*, fing es plötzlich wieder an zu gießen.

Für mich war das ein übler Scherz. Solch ein Sauwetter! Ich hatte auf die Schaufensterbeleuchtung gehofft, um zu sehen, wie das Gesicht aussah, das der Kerl mit sich herumschleppte. Das konnte ich also in den Mond schreiben, den ich auch nicht zu sehen bekam. Um sich gegen den Platzregen zu schützen, hatte der junge Mann seinen Mantelkragen bis zu den Ohren hochgeschlagen und die Hutkrempe bis auf die Nase runtergebogen. Kein Haarbreit war zu sehen. Der Hampelmann im Ladenschild zwinkerte mir von oben elektrisch zu. Machte sich wohl über mein Pech lustig, lachte sich krumm und schief mit seinem Buckel.

Zwischen zwei langsameren Autos überquerte mein Mann die Straße, nahm die Rue des Gravilliers und bog dann in die Rue des Vertus ein. Als er an dem Café an der Ecke vorbeikam, riskierte er einen verstohlenen Blick durch das Gitter mit dem vergoldeten Löwen, ging aber weiter.

So langsam hatte ich die Nase voll von unserem Fußmarsch. Die Gangart war etwas zu schnell für mich. Schließlich hatte ich einen K.o. hinter mir. In der Rue des Vertus beschloß ich, durch einen kleinen Zwischenspurt näher an ihn ranzukommen.

Zwei Blagen hinderten mich jedoch daran. Sie fielen laut kreischend aus einer Weinhandlung, die so hell erleuchtet war wie eine Maulwurfshöhle, rollten mitten durch den Straßendreck und prügelten sich. Ihre ganze Sippschaft stürzte hinter ihnen her und wollte sie trennen. Kein Durchkommen. Ergebnis dieser Treibjagd: Der Mann, den ich verfolgt hatte, war verschwunden.

Ich stand mitten auf der Straße im Regen. Köpfchen im Wasser... das konnte man wohl sagen! Versuchte, mich ins

Unvermeidliche zu schicken. Die Rolle, die ich diesem Mann zuschrieb, konnte genausogut ein Hirngespinst sein. Sich so von seinem Riecher leiten zu lassen, ist ja ganz schön; aber man kann's auch übertreiben... Am besten sollte ich nach Hause gehen...

In diesem Augenblick trug die sanfte, aber nicht gerade wohlduftende Brise eine ausgelassene *java* an mein Ohr, gespielt auf einem Akkordeon. Sofort folgte ich wieder meinem Nasenradar. Mühelos ortete ich diese volkstümlichen Klänge. Sie kamen aus der Rue Au Maire. Also ging ich dorthin. In der Rue Volta, gegenüber einem der ältesten Häuser von Paris, erhob sich die moderne Fassade eines *bal-musette* mit seinen rautenförmigen Fenstern. *Chez Amédée. Le valet de carreau.* Das Akkordeon streckte und reckte sich, die *java* wirbelte durch den Raum und auf die Straße hinaus durch die Flügeltür, die vom letzten Gast noch hin- und herschwang. Ich war nicht so blöd zu glauben, dieser letzte Gast könnte ausgerechnet mein Mann gewesen sein. Trotzdem ging ich hinein. Auf jeden Fall hatte ich eine Erfrischung nötig.

Die Tanzfläche war nur spärlich beleuchtet. Auf der blumengeschmückten Bühne warteten das Schlagzeug und zwei oder drei weitere Instrumente in ihrer Schutzhülle auf die Musiker. Noch war es nicht soweit. Aber in dem Bistro hinten an der Theke stand einer von diesen Musikautomaten, an dem sich die Musikbegeisterten austoben konnten. Von dort kam die *java*.

Ruhig beobachtete der *patron* zwei Gäste beim 421. Als ich eintrat, warfen mir die drei einen flüchtigen Blick zu. Dann konzentrierten sie sich wieder auf ihre Würfel. Ich hätte schon die Wände hochgehen oder Öl schlucken müssen, um ihre Aufmerksamkeit zu erregen. Also strafte ich sie mit derselben Gleichgültigkeit. Ein aufgedonnertes Dienstmädchen trank in kleinen Schlucken ihren Aperitif, während sie mit dem Fuß den Takt klopfte. Hinter der Theke spülte eine flachsblonde Kellnerin Gläser. Dabei schien sie an den Tod von Louis XVI zu denken.

Ich bestellte bei ihr einen Grog und ging dann zu dem

Musikautomaten. Die *java* hatte wohl nur darauf gewartet, um auf einem langgezogenen Akkord zu enden. Die Platte verschwand wieder hinter einer Schiene, auf der Nummern standen. Ich sah mir die Liste der Lieder an. *Le Grisbi* kam in drei verschiedenen Versionen vor. Und da war ja auch schon *La Valse des Orgueilleux* aus dem Film von Yves Allégret.

Ich ließ den Walzer spielen, nur so zum Vergnügen. Dann ging ich wieder zur Theke, wo der dampfende Grog auf mich wartete.

Die besessenen Würfelspieler hätten für nichts in der Welt ihre Partie unterbrochen.

Das Dienstmädchen saß jetzt mit dem Rücken an die Theke gelehnt und klopfte wie vorher den Takt. Nur die Kellnerin sah mich mißmutig an.

„Gefällt's Ihnen nicht?" fragte ich und wies mit dem Kinn auf den chromblitzenden Automaten.

„Zum Kotzen", antwortete das Mädchen. „Das und die Kapelle! Wenn das so weitergeht, stopf ich mir *Ohropax* in die Ohren. Das Lied hab ich heute schon mindestens fünfzigmal gehört."

„Mögen das die Leute?"

Sie seufzte:

„Vor allem einer."

„Benimm dich gefälligst bei den Gästen, Jo", meldete sich der *patron* vom Würfeltisch. „Man sagt nicht ‚zum Kotzen'!"

Er reagierte etwas spät, hörte aber mit einem Ohr hin.

„Macht doch nichts", sagte ich.

„Entschuldigung", murmelte die Kellnerin.

„Macht wirklich nichts. Möchte wetten, Sie meinen Alfredo. Fredo, hm?"

„Fredo?"

„Der mit den *Orgueilleux.*"

„Wie der heißt, weiß ich nicht."

Na schön. Die Platte war zu Ende. Ich ließ sie wieder von vorne laufen. Arme Kellnerin! Dann ging ich zu den Toiletten, die sich vorne im Gang befanden, zwischen einer Art Abstellraum und der einzigen Telefonzelle. Ich ging in die Kabine und schloß die Tür hinter mir. Das verschlug der Musik für einen Augenblick die Sprache, wofür sie sich rücksichtslos mit einer Fanfare revanchierte, die überfallartig auf mein armes Trommelfell niederschmetterte. Die Tür schloß nämlich nicht richtig. Wenn man in Ruhe telefonieren wollte, ohne unpassende musikalische Untermalung, dann mußte man den Türknauf schon festhalten. Zufrieden mit dem Ergebnis meines Experiments, trat ich wieder hinaus auf den Gang. Dort versperrte mir der mächtige Körper des *patron* den Weg.

„Suchen Se was, M'sieur?" fragte er mich gleichgültig, müde.

Sollte ich ihm sagen, daß ich's schon gefunden hatte? Ich hob die Schultern:

„Nein, nichts. Vielen Dank."

Ich ging wieder zurück an die Theke, leerte mein Glas und zahlte. Dann grüßte ich freundlich in die Runde, indem ich mit einem Finger lässig an die Hutkrempe tippte, und ging zum Ausgang. Vier Augenpaare folgten mir. Ich hörte einen sagen:

„Das ist bestimmt einer."

Draußen regnete es immer noch, aber weniger stark. Langsam ging ich zurück zur Rue des Francs-Bourgeois. Hier herrschte Ruhe und Frieden. Keine verdächtigen Menschenmassen vor dem Haus, wo bald eine Wohnung frei werden würde. Bei einem heiseren Zeitungsverkäufer besorgte ich mir eine Abendausgabe. Damit setzte ich mich in ein nahes Bistro mit vielen sympathischen Gästen. Sie unterhielten sich über Verschiedenes. Über alles, nur nicht über einen Mord. Zwei- oder dreimal glaubte ich, die typische Polizeisirene zu hören. Aber die heulte nur in meinem Kopf. Überhaupt spielte sich viel in meinem Kopf ab. Außerdem hatte der Polizeipräsident von Paris das Hupen verboten. Kurz darauf war ich aber nicht der einzige, der den Klang eines Doppelhorns hörte. Erst weit weg, dann immer lauter. Die Feuerwehr. Sie durfte ihre Sirene benutzen.

„Hat jemand Feuer?" fragte ein Witzbold und mußte selbst darüber lachen.

„Kann auch 'ne Überschwemmung sein", sagte sein Freund. „Bei dem Wolkenbruch sind die Keller..."

„Oder einer hat den Gashahn aufgedreht..."

Das Feuerwehrauto bog in eine Nachbarstraße ein und verschwand jaulend in der Nacht.

Ich zahlte und ging zum Telefon. Im Abstand von wenigen Minuten wählte ich zweimal Temple 12-12. Es läutete ins Dunkel hinein. Ich meinte, die Last auf meinen Schultern zu spüren. Kein dichter Schnurrbart mit Schlapphut nahm den Hörer ab, um mit mir zu sprechen.

Zu Hause legte ich mich ohne zu essen ins Bett. Mir war hundeelend.

3.
Der Lügner

Am nächsten Tag wachte ich gegen Mittag auf. Es regnete nicht mehr. Das Barometer zeigte gutes Wetter an, und genauso ging es mir. Von Kopfschmerzen abgesehen, fühlte ich mich unendlich viel besser als am Vorabend um die gleiche Zeit. Ich besaß fünfzigtausend Francs mehr, was sich günstig auf meine Form auswirkte. Trotzdem war mir noch ziemlich übel. Reimt sich auf Prügel. Mein Gott! Die Leute mit dem Knüppel machen einen noch zum Dichter!

Vom Bett aus rief ich Hélène in der Agentur an, um mich zu erkundigen, ob's was Neues gab. Gab es nicht. Ich sagte ihr, daß ich mir wohl eine Grippe gefangen hätte, so daß sie mich sicher den ganzen Tag über nicht zu Gesicht bekommen würde. Sie meinte, sie könne sich gut damit abfinden.

Als das geregelt war, zog ich mich an und ging frühstücken. Vorher kaufte ich mir alle Tageszeitungen, die noch am Kiosk zu haben waren. Über alles wurde geschrieben: UNO, NATO, MRP, SFIO, EDF, SVP. Ein richtiger BHV. In Belleville hatte ein gehörnter Ehemann seine Frau getötet, um seine Ehre zu retten. („Ausreden", hätte Félix Fénéon gesagt). Aus

Fresnes waren vor kurzem drei Gefangene ausgebrochen; zwei hatte die Vollzugsbehörde wieder schnappen können. Nur Roger Latuit, genannt „die Schwuchtel" (warum wohl?), lief noch frei rum. Um bei den Damen zu bleiben: Marilyn Monroe und Gina Lollobrigida sollten zusammen einen Film drehen, *Pile et Face*. Wohl eine Ente.

So sehr ich auch suchte, keine Meldung über den üblen Scherz, den man sich mit Cabirol erlaubt hatte. Auch die ersten Abendausgaben hüllten sich in Schweigen. Wenn sich niemand entschließen konnte, die Flics oder die Müllabfuhr zu benachrichtigen, konnte der Tote in aller Ruhe da oben in der dritten Etage verfaulen und die Pest über das ganze Arrondissement bringen. Diese unangenehme Vorstellung verließ mich erst, als ich die 13.15-Uhr-Ausgabe des *Crépuscule* las, die Zeitung meines alten Freundes Marc Covet. Die Schlagzeile lautete:

PFANDLEIHER GESTERN IN SEINER WOHNUNG IM MARAIS ERMORDET

Darunter der Artikel:

„Das friedliche Marais-Viertel wird von einem Verbrechen in Atem gehalten, ohne jedoch deswegen Trauer anzulegen. Wie erst jetzt bekannt wurde, ist Jules Cabirol wahrscheinlich schon gestern im Laufe des Tages oder am Abend mit einem Brieföffner erstochen worden. Der Ermordete, Leuten in finanziellen Schwierigkeiten besser bekannt unter dem Namen ‚Onkel Samuel', war Pfandleiher in der Rue des Francs-Bourgeois. Erst heute am späten Vormittag hat Maurice Badoux, ein junger Student aus der Rue du Temple, Sohn eines bekannten Industriellen, die Bluttat entdeckt, als er bei Cabirol irgendetwas versetzen wollte. Sofort alarmierte er die Polizei. Kommissar Florimond Faroux von der Hauptabteilung der Kriminalpolizei ist mit den Ermittlungen betraut worden. Schon jetzt kann man sagen, daß sie schwierig werden, da Jules Cabirol mehr Feinde als Freunde hatte. Die Tatsache, daß weder im Tresor noch in der Brieftasche noch in den Schubladen der verschiedenen Möbel des Opfers auch nur die

kleinste Geldsumme gefunden wurde, läßt darauf schließen, daß es sich hier um einen Raubmord handelt. Aber auch ein Racheakt kann nicht ausgeschlossen werden, bringt doch der mehr als fragwürdige ‚Beruf' von Samuel-Cabirol große Gefahren mit sich. Verständlich, daß die Beamten, die am Anfang ihrer Ermittlungen stehen, noch nicht viel dazu sagen können. Immerhin haben sie uns wissen lassen, daß sie mehrere sehr interessante Fingerabdrücke gefunden haben, zwar nicht auf dem Griff der Waffe, der sorgfältig abgewischt wurde, aber dafür am Schauplatz des Verbrechens..."

Diese „sehr interessanten Fingerabdrücke" gefielen mir gar nicht.

Ich faltete die Zeitung zusammen, ging wieder hinauf in meine Wohnung, zündete mir eine Pfeife an und setzte mich neben das Telefon. Es wäre mir lieber gewesen, Faroux würde anrufen als an die Tür klopfen. Nach einer Stunde juckten mir Arme, Beine und Kiefer. Das Telefon hatte nicht geläutet, und niemand hatte an die Tür geklopft. Aber das hatte nichts zu sagen. Ich entspannte mich. Dann holte ich das Geld aus der Tasche, das ich Cabirol geklaut hatte. Kein Zweifel: es stank genauso widerlich wie sein „rechtmäßiger" Besitzer. Wie sollte ich Faroux erklären, woher diese dreckigen Scheine kamen? Vor allem, wenn der Grund für unsere Unterhaltung einige dieser „interessanten Fingerabdrücke" sein würden, die der Erkennungsdienst mit seinem Wunderpulver in der Rue des Francs-Bourgeois hervorgezaubert hatte! Ich glaubte zwar, daß ich vorsichtig genug gewesen war. Aber man kann immer mal was vergessen. Meine Verteidigungsrede war fix und fertig in meinem Kopf. Nur sollte sie auch einigermaßen erfolgreich sein, und dafür brauchte ich weniger verdächtiges Geld. Ich schnappte mir das Telefon und wählte die Nummer eines Arztes, eines Freundes von mir, der in einem besseren Viertel wohnt. Um nichts in der Welt hätte ich ihn angepumpt – außer unter ganz besonderen Umständen. Und dies hier war ein ganz besonderer Umstand.

„Hallo! Hier Nestor Burma."

„Guten Tag, mein Lieber“, begrüßte mich der Arzt herzlich. „Wie geht es Ihnen?“

„Sehr gut. Schade für Sie. Nur finanziell, da läuft's nicht so gut.“

„Wirklich?“

„Sonst würd' ich's nicht sagen. Aber nur vorübergehend. Nächste Woche bekomm ich wieder was rein. Bis dahin wird's etwas knapp. Deswegen, entschuldigen Sie bitte, aber ... könnten Sie mir wohl aushelfen?“

„Gerne. Wieviel brauchen Sie?“

„Um bis zur nächsten Woche zu kommen.“

„Und wieviel wär das?“

„Sagen wir ... fünfzigtausend.“

„Bis zur nächsten Woche?“

„Ja.“

„Hm, mein Lieber, Sie scheinen aber auf großem Fuß zu leben!“

„Hören Sie,“ versuchte ich einen Witz, „es ist schon unangenehm genug, knapp bei Kasse zu sein. Aber dann auch noch rechnen zu müssen ...“

Der Arzt lachte auf.

„Das ist gut!“

„Nicht von mir“, sagte ich. „Auch geliehen.“

„Jedenfalls ist Ihre Stimmung ausgezeichnet. Gut. Einverstanden, fünfzigtausend. Möchten Sie einen Scheck?“

„Ich hätt's lieber in bar. Verstehen Sie, ich wende mich an Sie, weil es eilt. Ich brauche es so schnell wie möglich. Ich könnte in etwa einer Stunde in Ihrer Praxis sein, wenn es Ihnen recht ist. Und natürlich, wenn Sie das Geld dort haben.“

„Hab ich.“

War der glücklich dran!

„... Kommen Sie, wann Sie wollen.“

„Tausend Dank, und nochmals Entschuldigung. Bis gleich.“

Mit einem Seufzer der Erleichterung nahm ich mir wieder den *Crépuscule* vor und las noch einmal den Artikel über das wenig ruhmreiche Ende von Cabirol. Kannte ihn schon auswendig. Allerdings war er ziemlich kurz. Ja, sehr kurz. Denn es gab da eine pikante Kleinigkeit, auf der man endlos hätte herumreiten können. Aber genau das wurde mit Schweigen übergangen. Die Flics hatten bestimmt ihre Gründe dafür. Dieses Detail konnten sie nämlich gar nicht übersehen haben. Wie sollte ich vorgehen? Ich wog das Für und Wider gegeneinander ab. Ob sie nun meine Fingerabdrücke unter den anderen entdeckt hatten oder nicht, konnte mir ziemlich egal sein. Vielleicht erfuhr ich noch was Neues. Besser den Stier bei den Hörnern packen und reinen Tisch machen. Nichts ist ermüdender als nervöse Ungewißheit. Ich wählte die Nummer der Kripo.

„Hallo“, säuselte die Telefonistin.

„Kommissar Faroux, bitte.“

„Wer spricht dort?“

„Nestor Burma.“

„Bleiben Sie am Apparat.“

„Hallo, Burma! Was wollen Sie? Fassen Sie sich kurz...“, bellte Faroux’ Stimme einige Sekunden später.

Ich hörte mir diese Stimme aufmerksam an, um die nicht wahrnehmbaren Untertöne wahrzunehmen. Sie schien mir aber ganz normal zu klingen, genauso schroff wie gewöhnlich.

„Fassen Sie sich kurz“, wiederholte der Kommissar.

„Regen Sie sich nicht auf“, sagte ich.

„Ich reg mich nicht auf, aber ich hab zu tun.“

„Das sagen Sie immer, und immer sitzen Sie am Telefon.“

„Ich bin wie Nero Wolfe. Führe meine Ermittlungen vom Schreibtisch aus.“

„Ach ja? Schön. Es gibt schlechtere Lehrer. Aber sagen Sie mal, ich hab in der Zeitung gelesen, daß da einer umgebracht worden ist, den ich flüchtig gekannt hab...“

„Wer denn?“

„Cabirol.“

„Sie haben ihn gekannt?“

„So lala. Ich war mal gezwungen...äh...na ja, er war Pfandleiher.“

„Hm, ja."

„Vielleicht finden Sie meinen Namen in seinen Kontobüchern oder Kassenbüchern. Ich weiß nicht, wie man das nennt, weiß nicht mal, ob er so was führte. Aber besser, Sie lassen sich nicht unnötig graue Haare wachsen..."

„Natürlich. Aber Ihr Name steht nicht in seinen Büchern, mein Lieber. Jedenfalls nicht in denen, die wir unter die Lupe genommen haben."

„Das war vor einem oder zwei Jahren. Vielleicht schmeißt er seine Unterlagen nach 'ner Zeit weg."

„Kann sein."

„Und wie klappt's sonst?"

„Geht so."

„Die Zeitungen sprechen von einem harten Brocken."

„Irgendwas müssen die Zeitungen ja schreiben. Aber sagen Sie mal, die Agentur Fiat Lux kommt im Moment nicht gerade vor Arbeit um, hm?"

„Sie haben einen feinen Riecher!"

„Ich bin eben ein Flic."

„Das heißt noch gar nichts... Nein, wir haben nicht gerade mordsmäßig zu tun, wenn ich das so sagen darf."

„Ist auch schon bestimmt 'n halbes Jahr her, seitdem Ihr berühmter Name in Ihren geliebten Zeitungen stand, einschließlich der von Marc Covet..."

„Acht Monate", seufzte ich.

„...Und da Sie ja weder ein bekanntes Callgirl sind..."

„Ich möchte doch bitten..."

„...noch ein Filmstar, und da Sie keine Perlenkette zu verlieren haben,..."

„Leider nein!"

„...müssen Sie was anderes finden, um trotzdem im Gespräch zu bleiben, nicht wahr?"

„Werbung ist alles. Aber ich versteh nicht..."

„Lassen Sie mich ausreden", schnauzte Faroux. „Ich will's Ihnen sofort erklären. Und dann leg ich auf. *Ich* hab nämlich genug Arbeit. Hab schon viel zu viel Zeit mit Ihnen vertrödelt. Wie oft sind Sie mir in die Quere gekommen? Jetzt haben

Sie endlich mal nichts damit zu tun; also versuchen Sie nicht, sich einzumischen. Nur um auf der Titelseite Ihrer Lieblingszeitung zu lesen: Nestor Burma hier, Nestor Burma da... Kapiert?"

„Donnerwetter! Sie haben einen Ton drauf..."

„Salut, Burma!"

Er legte auf. Ich stieß einen Seufzer aus. Der Erleichterung? Vielleicht. Doch da war noch ein anderes Gefühl. Ich legte ebenfalls auf, hatte aber meine liebe Not, meine Hand vom Hörer zu nehmen. So feucht war sie.

Ich setzte meinen Hut auf und ging aus dem Haus.

Auf der Straße hatte ich es nicht eilig. Wollte nicht den Eindruck erwecken, daß ich mich zu gierig auf die versprochenen fünfzigtausend Francs des Arztes stürzte. In den Abendzeitungen stand nichts Neues über den Fall Cabirol. Von der Zeichensetzung und einigen Druckfehlern abgesehen, war das derselbe Text, der den Lesern vorher schon zum Fraß vorgeworfen worden war.

Mein Medizinmann hatte alle Hände voll zu tun und ließ mir durch sein pralles Dienstmädchen einen ebensolchen Umschlag geben – was mir ganz angenehm war. Das sparte Zeit und weitere Erklärungen. Im nächsten Bistro brach ich den ersten Fünftausendfrancschein an. Danach sprang ich in das nächste Taxi und ließ mich zur Place de la République fahren. Von dort ging ich zu Fuß in die Rue du Temple.

Ich suchte das Haus, in dem den Zeitungen zufolge Maurice Badoux wohnte, der junge Student, der die Polizei über Cabirols Unannehmlichkeiten benachrichtigt hatte. Es befand sich kurz hinter dem Square du Temple, an der Brasserie Foulard. In diesem Abschnitt der Rue du Temple bilden die funkelnd hervorspringenden Schilder der Möbelhändler so etwas wie einen Bogen über den Köpfen der Fußgänger. Von weitem schon erkannte ich meinen Freund, den Hampelmann von *Omnium du Rire*. Er hielt immer noch Wache an der schmalen Stelle des Bürgersteigs, schien sich aber etwas weniger über mich lustig zu machen. An der Toreinfahrt des betreffenden Hauses war eine ganze Reihe von Metallschildern angebracht. Sah aus wie bei einem prämierten Rind auf einer Landwirtschaftsausstellung. Ich suchte den Namen Badoux, fand ihn aber nicht. Sohn eines bekannten Industriellen... Vielleicht fabrizierte der Herr Papa woanders. Als ich mich in den großen Hof schlich, konnte ich so gerade zwei energiegeladenen Arbeitern mit ihren Sackkarren ausweichen. Im Hof standen kreuz und quer Fahrräder, Kinderwagen und jede Menge Kisten. Hinter einem dicken Kater und einer Topfpflanze saß die Concierge und verdarb sich die Augen – oder das, was von ihrem Augenlicht noch übrig war – bei einem Roman über Liebe, Haß und Leidenschaft. Sie widmete mir keinerlei Aufmerksamkeit, als wäre ich Luft; so sehr war sie in ihre Lektüre vertieft und an das ständige Hin und Her vor ihrer Loge gewöhnt. Und ich legte meinerseits keinen Wert darauf, sie nach Badoux zu fragen. Der junge Mann konnte bestimmt keine Flics oder Journalisten mehr sehen und hatte entsprechende Anweisungen gegeben. Also mußte ich mir wohl eine andere Informationsquelle suchen. Solch eine Quelle sprudelte schon im nächsten Augenblick in Form eines leicht blassen Gesichts: ein Laufbursche, höchstens sechzehn Jahre alt, strubbeliges Haar, pfiffige Augen. Er trug gerade Pappkartons von einem Geschäft zum andern, als wären rohe Eier dringewesen. Ich sprach ihn in einer Ecke an, wo die Concierge uns nicht sehen konnte.

„Salut, Toto", sagte ich.

Er blieb stehen, sah mich von oben bis unten an und ließ dabei die gelbe Kippe von einem Mundwinkel in den andern wandern. Eine ausgereifte Nummer, von einem Filmhelden geklaut, hervorragend gespielt.

„Ich heiß Dédé", stieß er hervor.

„Na gut, Dédé. Wenn ich dir 'ne nagelneue Zigarette rüberschicke, was würdest du dann mit der Kippe da machen?"

„Würd sie in die Tasche stecken, für schlechtere Zeiten."

„Hier hast du eine, Kleiner."

Ich gab ihm eine Gauloise. Wie angekündigt schob er die Kippe in seine Kitteltasche und steckte sich die Gauloise zwischen die Lippen. Ich gab ihm Feuer.

„Und hundert Francs? Wie wär's damit?" fragte ich weiter.
„Weiß ich noch nicht, was ich damit mach. Erst mal nehmen. Sei denn..."
Er musterte mich von Kopf bis Fuß.
„...Nee. Sehn Se nich nach aus..."
Ein lautes, dreckiges Lachen.
„...Und was soll ich für hundert Francs machen?"
„Mir sagen, wo ein Mieter wohnt. Kann seinen Namen nirgends finden. Maurice Badoux. Der Kerl, der die Leiche entdeckt hat. Cabirol. Weißt du, wen ich mein?"
„Ich lese Zeitung, M'sieur", knurrte der Junge.
„Mit dem will ich sprechen. Ich bin Journalist."
„Von welcher Zeitung?"
„Vom *Crépu.*"
Verächtlich verzog er den Mund.
„Ich lese *Le Soir*... Aber na schön, für hundert Francs will ich mal meine politische Überzeugung vergessen."
„Vor allem", lachte ich und gab ihm den versprochenen Schein, „wenn der Verwaltungsratsvorsitzende vom *Crépu* und vom *Soir* ein und derselbe ist. Der wird schon wissen, warum er zwei Leserschichten erreichen will..."
„Scheiße! Wirklich?"
„Klar!"
„Man lernt immer noch dazu."
„Also, erzähl mir mal, wo ich meinen Maurice finden kann."
„Unterm Dach, in einem ehemaligen Dienstbotenzimmer. Die Treppe da..."
„Lebt er alleine?"
„Hm, vielleicht schleppt er schon mal eine ab. Kann ich doch nicht wissen."
„Ich meinte...seine Eltern..."
„Nein, die wohnen nicht hier. In der Zeitung stand, er soll der Sohn eines bekannten Industriellen sein. Kenn ich aber nicht."
„Haut vielleicht nicht so richtig hin, da in der Familie?"
Er zuckte die Achseln:
„Schon mal Familien gesehn, wo's hinhaut?...Also, ich

muß jetzt wieder an die Arbeit. Vielen Dank für die hundert Francs, M'sieur."

Lässig ging er weiter. Auf manchem Misthaufen reift alles verdammt schnell.

* * *

Unterm Dach. Das Zimmer von Maurice Badoux war schnell gefunden. An jeder Tür auf dem unendlich langen, niedrigen Flur hing in Augenhöhe eine Visitenkarte oder ein Stück Papier, auf dem ein Name gekritzelt war. Nur an einer stand nichts. Schlechte Tarnung. Im Gegenteil: dadurch wußte man sofort, daß es die richtige war. Die richtige Tür zum richtigen Zimmer.

Ich klopfte und wartete.

Man ließ sich Zeit. Ich hätte sogar schwören können, daß niemand da war. Aber die Stille war eine ganz besondere Stille. Ein so geübtes Ohr wie meins läßt sich davon nicht täuschen.

Ich klopfte nochmal. Endlich fragte jemand:

„Wer ist da?"

„Monsieur Badoux?" fragte ich zurück.

Keine Antwort. Ohne weitere Erklärungen wurde geöffnet. Eine kleine, schmächtige Gestalt im Türrahmen.

Ich hatte ein Taxi bezahlt, hatte hundert Francs ausgegeben, war fünf Etagen hochgestiegen. Alles für die Katz. Maurice Badoux war nicht der junge Mann, den ich gestern im strömenden Regen verfolgt hatte. Nicht nur, weil er eine Brille trug. Das ganze Aussehen, die Haltung, die Größe, all das ließ mich darauf schließen, daß dies hier nicht der Mann war, der meiner Meinung nach bei Cabirol angerufen hatte. Der war nämlich groß. Na ja, verhältnismäßig groß. Jedenfalls größer als der Student vor mir. Ich stutzte. Offensichtlich ließ er die Vorlesung ausfallen.

„Ja bitte?" fragte er aggressiv.

„Darf man reinkommen?"

Nett machten wir das. Einer fragte, der andere antwortete mit einer Gegenfrage. Das konnte lange dauern.

Ich hätte wieder gehen können. Das war nicht der Mann,

den ich suchte. Aber in seinen Augen hinter den dicken Brillengläsern blitzte es eigenartig auf. Also blieb ich. Allerdings ging dieses Blitzen Hand in Hand mit kindischen Vorsichtsmaßnahmen, die aber vielleicht nichts weiter zu bedeuten hatten. Trotzdem...

„Reinkommen?" knurrte er. „Warum?"

„Ich bin Journalist."

„Dachte ich's mir doch. Sie sind nicht der erste, aber kommen Sie ruhig rein. Jeder muß schließlich essen..."

Ich betrat ein sauberes, aber schmuckloses Zimmer. Auf dem Boden lag ein abgetretener Bastteppich. Über dem Bett hingen nicht die üblichen Pin-up-Girls, sondern künstlerische Fotos von Ruinen. Im Regal standen düster aussehende Bücher. Auf dem Bett lag ein Aktenordner mit Schriftstücken, auf dem weißen Holztisch Zeitungen und über einer Stuhllehne Kleider. Vom Kaminsims lächelte eine Frau mittleren Alters zwischen dem Wecker und ein paar Nippes. Ein gezwungenes Lächeln. Sicher hatte man ihr mit einer Stecknadel in den Hintern gestochen, während sie fotografiert worden war. Sie sah dem Brillenträger vor mir ähnlich.

Er schloß die Tür hinter sich und sprach weiter.

„...Eins möchte ich mal gerne wissen..."

„Und das wäre?"

„Ob man mich bald damit in Ruhe lassen wird."

Ich machte eine weitausholende Geste:

„Der Ruhm fordert seinen Preis, Monsieur. Eine Leiche entdecken..."

„Hätte drauf verzichten können..."

Müde rieb er sich das Kinn. Bartstoppeln färbten die Wangen dunkel. Der Junge war höchstens dreiundzwanzig Jahre alt, sah aber älter aus, schrecklich alt. Er war korrekt gekleidet, aber nicht sehr sauber. Seine sorgenvolle hohe Denkerstirn, wahrscheinlich vollgestopft mit unnützen Dingen, verstärkte das seltsame, undefinierbare Gefühl, das man in seiner Gegenwart hatte.

Er sprach weiter:

„...das heißt also, Sie können mir keine Antwort geben?"

Ich lächelte:

„Sie sind nicht Martine Carol... Morgen wird man Sie vergessen haben... Ich bin bestimmt der Letzte, der Sie mit dieser Geschichte belästigt."

„Um so besser. Dann wollen wir's so schnell wie möglich hinter uns bringen. Übrigens, was ich zu erzählen habe... Sie brauchen wohl noch einen Artikel, hm? Hätte nie gedacht, daß Journalisten von so wenig leben können. A propos, welche Zeitung?"

„*Crépu.*"

„*Crépu?*"

„*Crépuscule.*"

„Ach ja. War nicht schon jemand von Ihnen hier?"

„Möglich. Aber ich schreib für die Wochenendbeilage, für die Provinz..."

„Und Ihr Name?"

„Dalor."

„Kenn ich nicht."

„Ich signiere nie oder nur selten. Außerdem schreib ich vor allem für die Beilage. Sagte ich ja schon. Und genau dafür will ich jetzt einen langen Artikel schreiben. Sie werden verstehen, der Mord an einem Pfandleiher, das ist *die* Sensation! Schillernde Persönlichkeit usw. Dazu noch die pikanten Einzelheiten... Ich will den Artikel unbedingt schreiben. Und wenn Sie mir die notwendigen Einzelheiten dafür liefern... ich meine die richtigen..., soll das Ihr Schaden nicht sein. Wird gut bezahlt und..."

Er unterbrach mich unfreundlich:

„Mich interessiert nur eins: Man soll mich in Ruhe lassen. Ich brauch Ihr Geld nicht."

„Natürlich nicht, M'sieur. Werden Sie nicht gleich böse..."

Ich hüstelte.

„... nicht gleich böse. Ich wollte Sie nicht beleidigen."

„Schon gut. Aber verdammt nochmal! Sie werden verstehen, daß einem dabei der Kragen platzen kann. Wird eigentlich immer so viel Theater gemacht, wenn jemand das Pech hat, einen Ermordeten zu finden?"

„Wenn der Ermordete so sehr aus dem Rahmen fällt, ja. Ich sagte Ihnen doch schon: ein Pfandleiher, das ist eine schillernde Persönlichkeit."

Resigniert hob er die Schultern:

„Bringen wir's also hinter uns. Ich werd Ihnen meine kleine Geschichte liefern. Aber ich sag's Ihnen gleich: ich kann Ihnen nicht mehr erzählen als der Polizei oder Ihren Kollegen."

„Fangen Sie erst mal an."

Das, was er mir erzählte, hatte ich tatsächlich schon in den Zeitungen gelesen. Er war also zu Cabirol gegangen...

„...Um etwas zu versetzen, nehme ich an?" warf ich ein.

Ohne sich gleich wieder aufzuregen, sagte er höflich, aber bestimmt:

„Müssen wir unbedingt über mein Privatleben reden?"

„Nein, aber wissen Sie, ich war in meinem Leben auch schon mal abgebrannt. Bin's noch öfter, als es mir lieb ist. Das hat doch nichts Schlimmes an sich. Aber fahren Sie bitte fort."

Er erzählte seine Geschichte zu Ende.

„Schön", sagte ich dann. „Und Ihnen ist nichts weiter aufgefallen, was Sie vielleicht der Polizei nicht erzählt haben? Sie wissen doch, hm? Eine unwichtige Kleinigkeit, an die man im Augenblick nicht denkt, die einem erst später wieder einfällt..."

Er schüttelte den Kopf:

„Ich sehe, Monsieur Dalor", grinste er, „Sie sind enttäuscht. Aber ich hatte Sie gewarnt."

„Trotzdem vielen Dank, Monsieur Badoux."

Er öffnete die Tür, ich ging hinaus. Zum Abschied sagte er:

„Wir haben beide unsere Zeit vergeudet."

Ich war ganz anderer Ansicht, was meine betraf.

Von meiner Wohnung aus rief ich in der Agentur an. Nichts Neues. Dann sah ich im Telefonbuch nach. Fünfmal Badoux, mit fünf verschiedenen Vornamen.

Gleich der erste Badoux, mit dem mich eine Sekretärin verband, war der richtige. Albert.

„Hallo? Monsieur Badoux?"

„Am Apparat.“
Eine kräftige, selbstsichere Stimme mit leicht ordinärem Unterton. Wohlgenährt.

„Hier Nestor Burma. Ich rufe an wegen…“

Er unterbrach mich, vollendete amüsiert den angefangenen Satz, was mich etwas verwirrte:

„…wegen meinem Sohn, ja, ich weiß. Was sind Sie von Beruf, Monsieur Burma? Winkeladvokat? Zufällig grad ohne Fall? Ich sag's Ihnen lieber gleich: Sie sind nicht der Erste, der sich anbietet. Sie haben die Nummer drei. Jawohl, ich verteile laufende Nummern, wie beim Zahnarzt.“

„Ich bin Detektiv, Monsieur.“

„Inspektor?“

„Privatdetektiv.“

Er lachte laut auf:

„Ach! Sehr schön! Wunderbar! Privatdetektiv! Besser, viel besser als Rechtsanwalt. In der Kategorie stehn Sie auf Platz eins. Aber trotzdem, damit haben Sie genausowenig Glück wie die Herren Anwälte… Pech, hm? Denn etwas Kleingeld wär Ihnen doch sicher sehr willkommen, oder?“

Er begriff schnell. Für meinen Geschmack zu schnell. Das Gespräch führte zu nichts.

„Gegen Geld wehre ich mich nie, Monsieur.“

„Bei mir ist das auch gar nicht nötig“, sagte er, immer noch amüsiert. „Am besten, Sie gehen zu einem Pfandleiher. Man wird doch nicht alle umgebracht haben!“

„Darum geht's nicht…“

„Wirklich nicht? Und worum geht's dann? Sie wollen mir doch wohl nicht erzählen, worum's geht, hm? Ich bin doch nicht von gestern. Hören Sie mal gut zu, alter Freund…“

Und dann brüllte er mir Folgendes ins Ohr, wobei sich ernste Passagen mit Albernheiten abwechselten:

„…nur weil mein dämlicher Herr Sohn auf die Idee kommt, über die Leiche eines Mannes zu stolpern, der eines gewaltsamen Todes gestorben ist, sagen sich einige viele Vampire und andere Blutsauger: mal sehen, ob da nichts zu holen ist. Wenn das Söhnchen in der Patsche sitzt, weigert sich der

Papa vielleicht nicht, ihm da rauszuhelfen. Aber leider daneben getippt! Mein Sohn sitzt nicht in der Patsche. Ich kenn ihn. Das getreue Ebenbild meiner verstorbenen Frau. Zu absolut nichts fähig, nicht mal, einen Pfandleiher umzubringen. Das wäre zu schön. Außerdem, angenommen, er hätte tatsächlich... Wollte er nicht sein eigenes Leben leben, weit weg von mir?"

Seine Stimme wurde ein wenig, ein ganz klein wenig brüchig. Genug, daß ich es bemerkte.

„... Ich hab ihn nicht fallengelassen. Aber ich seh ihn nie. Er wollte in diesem Viertel mit den alten Mauern wohnen. Das ist nämlich sein Tick, die alten Mauern. Ich mach in Eisen. Stahlgerüste. Wir haben so gut wie keine gemeinsamen Interessen. Scheiße! Ich bin dabei, Ihnen Familiengeheimnisse anzuvertrauen. Zum Totlachen, hm?"

„Ich hab Sie nicht darum gebeten, Monsieur."

„Aber ich will Ihnen klarmachen, daß es überhaupt keinen Zweck hat, es ein zweites Mal zu versuchen. Falls es Ihnen nochmal in den Fingern jucken sollte: um meinen Sohn mach ich mir keine Sorgen. Für einen Mord hat er nicht genug Mumm, und wenn doch, dann ist er alt genug, um alleine klarzukommen. Also keine Arbeit für einen Privatdetektiv, Monsieur. Und auch keine für einen Anwalt. Jedenfalls, was mich betrifft. Klar?"

„Völlig klar. Entschuldigen Sie die Störung."

„Keine Ursache. Für mich ist das eine willkommene Abwechslung. Es macht mir Spaß. Was meinen Sie: Warum mach ich mir die Mühe, selbst ans Telefon zu gehen? Weil es mir Spaß macht! Herrgott nochmal! Zum ersten Mal in seinem Leben macht mir mein Sohn Spaß. Ich sollte ihm den monatlichen Zuschuß verdoppeln! Also, nichts für ungut, Monsieur. Adieu!"

Er hängte ein.

Vorsichtig legte ich den Hörer auf die Gabel. Ganz langsam, so als handelte es sich um etwas äußerst Kostbares. Meine Stirn war jetzt wohl so sorgenvoll gefurcht wie die von Maurice Badoux. Der wohlgenährte Papa hatte eine laute

Stimme. Man konnte Angst vor ihm haben wie vor dem Schwarzen Mann. Aber eine kaum zurückgehaltene Erregung ließ sie zittern. Auch wenn er das Gegenteil behauptete: sollte sein Sohn sich da in etwas hineingeritten haben, dann würde er ihn schon wieder rausholen. Der Junge hatte zwar Cabirol nicht getötet, aber er benahm sich höchst sonderbar. Ich sah auf den Kalender. Mittwoch, 5. April. Also hatte er schon die monatliche Zahlung erhalten. Deswegen hatte er auch meinen Vorschlag, an meinem „Artikel" mitzuverdienen, verächtlich und etwas hochmütig abgelehnt. Und daß es sich dabei um ein leeres Versprechen gehandelt hatte, konnte er schließlich nicht ahnen. Folglich war er heute morgen bestimmt nicht mit der Absicht zu Cabirol gegangen, etwas zu versetzen. Damit wollte er nur von dem wahren Grund für seinen Besuch ablenken.

Ich rief noch einmal Hélène an:

„Ich brauch Zavatters Hilfe, mein Schatz. Falls er ins Büro kommt, sagen Sie ihm, er soll mich sofort anrufen."

Eine Stunde später meldete sich mein elegantester Mitarbeiter.

„Hab ich bei Ihnen immer noch Kredit?" fragte ich ihn.

„Äh..."

„Gut. Ich hab Arbeit für Sie. Vielleicht springt was dabei raus, vielleicht auch nicht. Kommt auf einen Versuch an."

„Dann mal los. Was muß ich tun?"

„Beschatten. Einen gewissen Maurice Badoux..."

Ich beschrieb den jungen Mann, gab seine Adresse durch usw.

„Maurice Badoux?" fragte Roger Zavatter. „Den Namen hab ich schon mal gehört."

„Sie haben ihn in der Zeitung gelesen. Macht uns Konkurrenz. Findet Leichen."

„Ach ja! Die Sache in der Rue Francs-Bourgeois?"

„Genau die."

„Gut. Besondere Anweisungen?"

„Keine. Sie folgen ihm, mehr nicht. Fragen Sie mich nicht, warum. Ich weiß es selbst nicht. Ist so, als kauften wir ein Lotterielos."

„Ach ja? Hm…"

„Einige gewinnen…"

„Wollen hoffen, daß wir die Spesen wieder reinkriegen", brummte er. „Na gut, ich geh an die Arbeit."

„Mündlicher Bericht morgen nachmittag, oder sobald es was zu berichten gibt."

„Jaja. Wiedersehn."

„Wiedersehn."

Das war alles für heute.

4.
Die Spur der Polizei

Am nächsten Tag trat Direktor Nestor Burma ins Büro der Agentur Fiat Lux. Hélène Chatelain war liebenswürdig wie immer, so als schuldete ich ihr nicht zwei Monatsgehälter. Mit einer Treue, die einen besseren Laden verdient hätte, hielt sie die Stellung und wartete gelassen auf Kundschaft. Die potentiellen Klienten wußten gar nicht, was ihnen entging, wenn sie unserer Agentur fernblieben. Dafür wußte ich umso besser, was *mir* dabei entging.

„Nichts Neues?" fragte ich gewohnheitsmäßig nach dem Austausch der üblichen Höflichkeiten.

„Nichts", antwortete Hélène. „Und Ihre Erkältung?"

„Falscher Alarm… A propos Erkältung: hab Grossais angepumpt, den Arzt. War dringend nötig… Soll ich Ihnen schon mal zehntausend geben?"

„Gerne… Sie haben was in Gang gebracht?"

„Woher wissen Sie das?"

„Von Zavatter."

„Ist nur 'ne Möglichkeit. Vielleicht kommt nichts dabei raus."

„Hat was mit dem Mord an diesem Cabirol zu tun, hm?"

„Entfernt…"

Sie fragte nicht mehr weiter. Danach plauderten wir noch

über dieses und jenes, nur nicht über Onkel Samuel. Der war so langsam allen – oder fast allen – scheißegal. Von den zehn Zeitungen, die ich beim Frühstück durchgesehen hatte, unterhielten nur noch drei ihre Leser mit dem plötzlichen und bedauernswerten Ende des Pfandleihers. Sie schrieben aber auch nichts Neues. Walzten nur die Artikel vom Vortag weiter aus. Von Anfang an schienen die polizeilichen Ermittlungen auf der Stelle zu treten. Aber ich hatte Faroux und seine Leute in Verdacht, mehr zu wissen, als sie zugaben. Einige Besonderheiten waren doch bestimmt nicht den Augen der Flics entgangen, die doch daran gewöhnt sind, alles auf den ersten Blick mitzukriegen. Oder aber man mußte sich ernsthaft überlegen, wozu das Budget der Polizei nütze war.

Ich mußte allerdings nicht lange überlegen.

Als unser Gespräch so gegen elf Uhr erlahmte, wurde es von einem Besucher wieder belebt: Florimond Faroux persönlich, mit seinem Schnurrbart, den großen, gespielt strengen Augen und dem verbeulten schokoladenbraunen Schlapphut, der farblich gar nicht zu dem Regenmantel paßte.

Der Kommissar war alleine. Schien gutgelaunt. Mir war's recht.

„Salut, ihr Lieben", sagte er.

Er nahm seinen Hut ab und gab Hélène die Hand. Als ich an der Reihe war, setzte er ihn wieder auf.

„... Haltet ihr Kriegsrat?" fragte er.

„Dafür bin ich zu friedlich", antwortete ich. „Wir warten nur darauf, daß sich ein Klient hierher verirrt."

„Um ihn dann von hinten anzufallen?"

Ich zuckte die Achseln:

„Finden Sie sich besonders schlau?"

„Und Sie?" lachte er.

„Nicht mehr als jeder andere."

„Ich dachte."

Er sah sich nach einem Stuhl um. Hélène schob ihm einen hin.

„... Sie haben gut daran getan, mich anzurufen, gestern", fuhr er fort. „Hat mir eine böse Überraschung erspart..."

Er machte eine Pause, gekonnter als der gesamte dramatische Verein zusammen. Dann:

„... Wir haben die Spuren Ihres letzten Besuchs bei Cabirol gefunden."

Hélène konnte ihre Überraschung noch so eben verbergen. Der Kommissar merkte es trotzdem, sagte aber nichts.

„Er führte also mehr oder weniger regelmäßig Buch?" fragte ich und stopfte mir eine Pfeife.

„Nein."

„Nein? Hat er denn die Namen seiner Kunden an die Wände gepinselt? Weil Sie sagen..."

„Ich dachte immer, ich würd mich klar ausdrücken. Wer hat denn was von Namen gesagt, Burma? Es geht um einen Fingerabdruck..."

Er sah mich lächelnd an. Genoß offensichtlich meine Verlegenheit. Das Schweigen wurde nur durch das Anreißen des Streichholzes unterbrochen.

„Na schön", seufzte ich und blies etwas Rauch an die Decke. „Ich werde Ihnen alles erzählen."

„Nicht doch", widersprach er gutgelaunt. „Das Leben ist so kurz. Antworten Sie nur auf meine Fragen."

„Nur zu."

„Waren Sie vor kurzem bei diesem Wucherer?"

„Ja."

„Wann?"

„Vorgestern."

„Am Tag, als er umgebracht wurde?"

„Ja."

„Um wieviel Uhr?"

„Am frühen Vormittag."

„War er da schon tot?"

„Nein. Sonst hätte ich Sie doch benachrichtigt. Wenn rauskommt, daß man vor einer Leiche abgehauen ist... das wird nicht gern gesehen."

„Gar nicht gern, nein."

„Hätte ich nicht riskiert."

„Wär nicht das erste Mal."

„Vielleicht, wenn die Leiche in einen Fall verwickelt war, mit dem ich zu tun hatte. War sie hier aber nicht..."

„Warum sind Sie dann zu Cabirol gegangen?"

„Geschäftlich, sozusagen. Ich war blank."

„Ach ja?"

„Was das betrifft, werden Sie mir doch hoffentlich wohl glauben, oder?"

Er lachte.

„Fahren Sie fort."

„Das ist alles."

„Haben Sie die Quittung?"

„Welche Quittung?"

„Eine richtige Buchführung hatte er zwar nicht, das kann man wirklich nicht sagen. Aber schließlich mußte er doch eine Quittung für die Sachen aushändigen, die er als Pfand nahm, oder? Und wenn Sie etwas zu ihm gebracht haben..."

„Den Schmuck meiner verstorbenen Tante. Aber wir konnten uns nicht einig werden. Er hat mir eine lächerliche Summe geboten. Dann lieber jemand anpumpen. Hab ich übrigens auch gemacht."

„Darf man fragen, wen?"

„Nein. Sie würden dem Mann doch nur auf den Nerven rumtrampeln mit Ihren großen Latschen. Und wenn ich ihn dann nächstes Mal um 'ne Spende bitte, schickt er mich zum Teufel."

„Na schön", seufzte Faroux. „Ist auch nicht so wichtig."

Mit einer weitausholenden Geste stach er Hélène beinahe ein Auge aus.

„Und folglich ist auch alles andere unwichtig. Sie haben eine seltsame Art, Ihre Ermittlungen zu führen, Florimond. Alles hat miteinander zu tun, oder auch nicht. Sie überprüfen alles oder nichts."

Ohne böse zu werden, antwortete er:

„Ich führe meine Ermittlungen, wie ich es für richtig halte. Und ich überprüfe das, was ich überprüfen muß. Basta! Ich fürchte, ich kann Ihnen Ihre schlechten Angewohnheiten nie abgewöhnen. Verdammt nochmal! Anstatt mir einfach zu sagen, daß Sie da waren..."

„Hören Sie, mein Lieber. Ich hab mich vielleicht dämlich benommen. Muß wohl am Geldmangel gelegen haben. Ohne Geld steht man dumm da, in jeder Beziehung. Versetzen Sie sich in meine Lage! Ich geh also zu diesem Pfandleiher; rede 'ne gute Viertelstunde mit ihm; erfahre dann, daß man ihn umgebracht hat. Da ich schon mal mit ihm zu tun hatte – das stimmt nämlich, ich habe Sie am Telefon nicht angelogen! –, steht mein Name bestimmt in seinen Büchern. Also sag ich mir: Faroux wird sich fragen, warum ich die Klappe gehalten habe, als ich von dem Mord an dem Kerl erfuhr. Ich denke nicht an Fingerabdrücke, nur an Spuren in seiner Buchführung. Unter diesen Umständen erweckt man besser nicht den Eindruck, als wollte man sich vor der Verantwortung drükken... Ich will aber auch nicht, daß Sie sich weiß Gott was vorstellen. Also erzähl ich Ihnen nicht, daß ich an dem Unglückstag da war."

„Ja, ja. Aber irgendwann werden Ihnen Ihre krummen Touren noch den Hals brechen. Wenn ich nicht wüßte, daß Sie nicht der Mörder sind..."

„Ach! Bin ich nicht der Mörder?"

„Fragen Sie nicht so blöd!"

„Man kann nie wissen."

„Wenn ich mit bösen Absichten hierher gekommen wäre, dann nicht alleine... Ich wollte Sie ein wenig erschrecken, Ihnen eine Lektion erteilen... Als wenn das bei Ihnen irgendeinen Sinn hätte..."

„Hm... Na ja... Vielen Dank, daß Sie mir diesen Stein vom Herzen gerollt haben. Wer war's denn?"

Er antwortete nicht direkt:

„Einer, der ebenfalls Fingerabdrücke hinterlassen hat. Nicht auf der Waffe. Den Griff hat er abgewischt. Aber woanders, woran er nicht gedacht hat. Einer von unseren alten Bekannten... Glück für Sie, Burma. Ich bin vielleicht blöd, aber zwischen einem unverschämten Privatdetektiv und einem Vorbestraften fällt mir die Wahl leicht."

„Ach! Dann waren das also die ‚sehr interessanten Fingerabdrücke'?"

„Ja. Dieser Cabirol war nicht nur Pfandleiher, sondern auch noch Hehler. Und wie alle Hehler diente er wohl einigen Gangstern als Tresor. Solche Beziehungen sind immer gefährlich. Diese Gauner brauchen in bestimmten Situationen manchmal dringend Geld."

„Nicht nur die Gauner, leider. Haben Sie den Mann eingelocht? In den Zeitungen hab ich nichts darüber gelesen."

„Gibt auch noch nichts zu lesen. Der Kerl hat lange Beine. Aber wie wär's, sollen wir essen gehen? Sie sehen, ich bin nicht nachtragend. Lad Sie sogar zum Essen ein."

Ich verbarg meine Erleichterung hinter einem langen Gähnen. Das Gespräch hätte auch schlimmer für mich ausgehen können.

„Das find ich aber nett von Ihnen... Also, der Kerl hat lange Beine?"

„Ja. Wohin gehen wir? Kennen Sie hier in der Gegend ein erschwingliches Restaurant?"

Wollte er nicht mehr darüber reden? Auch gut. Mir konnte es egal sein. Und wenn er vorhatte, mich in eine Falle zu lokken, wenn er darauf wartete, daß ich mich durch übertriebene Neugier verriet... da war er schief gewickelt.

„Gleich um die Ecke gibt's eins."

Wir machten uns zu dritt auf den Weg. Das Essen verlief ohne Zwischenfälle. Zum Dessert kam ein Zeitungsverkäufer ins Lokal und ging von Tisch zu Tisch. Ich kaufte den *Crépu,* den *Soir,* den *France-Soir* und die *Paris-Presse.* Über Cabirol schrieben sie nicht mehr als die Tageszeitungen gestern oder heute morgen. Nicht die geringste Anspielung auf den neuesten Verdächtigen, den Mann mit den ‚sehr interessanten Fingerabdrücken'.

„Meine Tante wär genauso vorsichtig vorgegangen wie Sie", bemerkte ich.

„Tante ist fast der richtige Ausdruck", lachte mein Freund, der Polyp.

„Warum?"

„Nur so."

„Hm..."
Ich blätterte den *Crépu* durch, fand aber die Notiz nicht, die ich suchte. Dafür fand ich aber eine, die ich nicht suchte: eine Großrazzia, die letzte Nacht in einer Bar durchgeführt worden war, wo die Animiermädchen vorwiegend männlich sind.
Der Bericht paßte gut zum Thema. Er eröffnete mir ganz neue Perspektiven.
„Kennen Sie Cuvier, Faroux?"
„Wer ist das?"
„Nach ihm ist eine Straße im 5. Arrondissement benannt. Ein Wissenschaftler, ein Puzzle-onto..."
„Paläontologe", verbesserte mich Hélène.
„In diesem Fall hier kommt das aufs gleiche raus. Diesem Cuvier, mein lieber Faroux, konnten Sie Knochenreste aus der Urzeit vorlegen. Der baute Ihnen im Handumdrehen ein komplettes Skelett irgendeines prähistorischen Urtiers zusammen."
„Und?"
„Ich gehöre auch zu solchen Leuten wie Cuvier."
„Immer bescheiden. Schön..."
Er sah auf seine Uhr:
„...Ich hab keine Zeit, Ihren albernen Geschichten zuzuhören. Muß wieder in meinen Laden zurück."
Er rief den Kellner und zahlte.
„Glauben Sie, daß Ihre Leute die Schwuchtel gekriegt haben?" fragte ich vorsichtig.
Dem Kommissar blieb die Spucke weg. Er hörte sogar auf, sein Wechselgeld zu zählen.
„Was?" japste er.
Ich lächelte:
„Cuvier... Lange Beine, ungewöhnliche Gewohnheiten, Großrazzia in gewissen Etablissements, die plötzliche Stille um den letzten Ausbrecher von Fresnes, der noch frei rumläuft, jemand, der vielleicht Geld braucht – bestimmt ein Flüchtiger – kurz, ich tippe auf Latruie oder Latuile, genannt die Schwuchtel."
„Latuit."

„Bei dem Namen war ich mir nicht sicher. Und? Ist er's?"

„Ja. Aber behalten Sie diese schlauen Überlegungen für sich, Burma. Wenn auch nur ein Sterbenswörtchen aus der Feder von, sagen wir, Marc Covet, rauskommt, werde ich mir erlauben, Ihnen Scherereien zu machen, weil Sie sich neulich in der Rue Francs-Bourgeois rumgetrieben haben."

„Was soll ich Covet denn erzählen? Werd mich hüten."

„Um so besser."

„Also, Sie meinen, die Schwuchtel hat Cabirol umgebracht?"

„Wär's Ihnen lieber, Sie ständen unter Verdacht?"

„Um Gottes willen! Ihr Verdächtiger gefällt mir ganz gut. Bleiben Sie ruhig dabei."

„Der ist nicht nur verdächtig. Ich bin mir meiner Sache sicher. Diese Tunten..."

„Ach! Ist der beidhändig?"

„Was?"

„So nennt man das bei den homosexuellen Zwittern, den Strichern, die an beiden Ufern saufen. Weil sie's manchmal auch mit Frauen machen. Bimetallisch nennt man sie auch noch. Wußten Sie das nicht? Was bringt man denn den Knaben auf der Polizeischule bei?... Also, Sie haben gesagt, diese Tunten..."

„...greifen alle früher oder später zum Messer. Vielleicht aus Ekel, ich weiß es nicht."

„Machen Sie jetzt in Psychologie? Daß ich nicht lache! War das nicht ein Raubmord?"

„Ja. Aber da ist noch was anderes... In unserem Beruf sieht man die tollsten Dinge. Aber bei Tisch sollte man nicht davon reden... Könnte Ihnen den Appetit verderben."

„Macht nichts. Wir sind sowieso fertig."

„Und schon gar nicht vor unschuldigen jungen Mädchen."

„Das ist Hélène schon lange nicht mehr. Will ich jedenfalls hoffen..."

Faroux stand auf und hob vielsagend die Schultern:

„Vor dem Dolchstoß muß so was wie 'ne kleine Orgie stattgefunden haben. Auf Cabirols Mund haben wir Spuren von Lippenstift entdeckt..."

Er verzog den Mund und wischte ihn ab. Dann schloß er:
„Manche Leute sind aber auch überhaupt nicht wählerisch, wenn Sie meine Meinung hören wollen."

* * *

„Sieh an, Monsieur Burma!" sagte Hélène spitz, als wir wieder im Büro saßen. „Das haben Sie mir gar nicht erzählt."

Ich lachte:

„Beruhigen Sie sich, mein Schatz. Florimond hab ich auch nicht alles gesagt."

Ihre Augen strahlten:

„Wirklich? Na ja, wenn ich für den nächsten Monat nicht bezahlt werde, dann hat das wenigstens seinen guten Grund."

„Welchen?"

„Weil Sie dann in der Santé sind."

Das Telefon klingelte.

Am anderen Ende meldete sich Zavatter zum ersten Rapport:

„Hallo! Sagen Sie, Chef: es handelt sich doch um einen Mann namens Maurice Badoux, oder? Kein Irrtum möglich? Vielleicht hätte ich mir früher schon Gedanken darüber machen sollen... aber besser spät als nie..."

„Maurice Badoux," bestätigte ich, „wohnhaft Rue du Temple, ein..."

„Schmachtlappen, so groß wie 'ne Mülltonne, Brillenträger, sieht aus wie 'n Lehrer, der 'n Lineal verschluckt hat...?"

„Genau der. Hat er Sie abgehängt?"

„Ach was, Quatsch! Aber weite Wege haben wir nicht gemacht. Zuerst ins Restaurant, dann ins Staatsarchiv. Hab mich erkundigt, er ist dort Stammkunde. Bleibt, bis daß geschlossen wird. Der Junge macht nicht den Eindruck, als fände er jeden Tag Leichen."

„Immerhin hat er die von Cabirol entdeckt."

„Sicher. Soll ich 'dranbleiben?"

„Besser ja. Man wird sehen."

„Hab den Eindruck, es gibt nichts mehr zu sehen," murrte Zavatter nicht übermäßig begeistert und legte auf.

Das war wohl gut möglich. Vielleicht hatte ich mich von meiner Phantasie mitreißen lassen. Der Mord an Cabirol war so geheimnisvoll, daß ich mir gar keine große Mühe zu geben brauchte, um das Ganze noch geheimnisvoller zu machen. Für Florimond Faroux war alles ganz einfach: ein entflohener Sträfling braucht Geld und tötet einen Hehler, mit dem er vor seiner Verhaftung zu tun hatte. Faroux wußte aber nicht, daß wenigstens zwei Personen, von meiner Wenigkeit abgesehen, über die Tragödie Bescheid wußten, es aber vorgezogen hatten, den Mund zu halten: der junge Mann, der an dem Tag bei Cabirol angerufen hatte, und die Blonde. Diese hatte sogar noch eine Zugabe erhalten: neben der Leiche hatte noch jemand gelegen, bewußtlos geschlagen, wie tot. Es sei denn ... da hatte ich so eine Idee. Aus allen möglichen Gründen hätte ich vor allem die Blonde gerne wiedergesehen. Daran war aber gar nicht zu denken, außer durch einen völlig abwegigen Zufall. Die Kabine, von der aus der junge Mann Cabirol angerufen hatte, kannte ich jetzt. Mit etwas Mühe hätte ich ihn aufstöbern können, obwohl die Leute im *balmusette* in der Rue Volta mich ziemlich mißtrauisch angesehen hatten. Aber wozu? Ich wußte, daß der Anrufer nicht als Täter in Frage kam. Das war nur einer, der Cabirol irgendeine heiße Ware verscheuern wollte, mehr nicht.

Blieb noch Badoux junior.

Er war der einzige, der mich interessierte, obwohl auch er unschuldig war. Trotzdem hatte er alle angelogen und den wahren Grund für seinen Besuch bei Cabirol verschwiegen. Falls er in irgendeine dunkle Geschichte mit dem Opfer verwickelt war und das rauskam, dann konnte sich der finanzkräftige Papa glücklich schätzen, wenn ein talentierter Detektiv meines Kalibers dem Herrn Sohn aus der Patsche half.

Ich kaute eine gute Stunde darauf herum, wobei ich eine Pfeife nach der anderen rauchte. Überlegungen und Tabak machten mich durstig. Im Büro hatte ich nur Armagnac. Meine Kehle verlangte aber eine weniger edle und weniger starke Flüssigkeit. Also ging ich ins Bistro gegenüber, wo ich eine größere Auswahl hatte.

Auch wenn es einigen Leuten nicht gefällt: manchmal bringt es was ein, Durst zu haben und ein Gläschen zu trinken.

Als ich das getan hatte und wieder auf die Straße trat, fiel mir die Schachtel Zigaretten hin, die ich noch gekauft hatte. Sie schlidderte über den Bürgersteig in Richtung Gully. Ich bückte mich danach. Ein Fußgänger schlug einen Haken; einmal, um nicht gegen die Zigaretten, und zum zweiten, um mir nicht auf die Hand zu treten. Eine Sekunde später blieb ein Schuh, diesmal ein Frauenschuh, ein paar Zentimeter vor mir stehen.

Ich fühlte mich zwei Tage zurückversetzt.

Nun gibt es auf der Welt nicht nur ein Paar Frauenschuhe aus Schlangenleder. Wäre auch zu schön. Für die Schlangen. Und die Möglichkeiten eines solchen Zufalls, die ich gleich wieder verwarf, wäre ebenfalls zu schön gewesen. Für einen Detektiv...

Dennoch hatte ich Herzklopfen, als ich mich aufrichtete und die Frau ansah.

Ich träumte nicht.

Sie war es.

5.
Die Blonde

Sie hatte eine Wildledertasche unter den Arm geklemmt, in der Hand hielt sie ein Päckchen aus einem Modegeschäft. Ihren Regenmantel hatte sie gegen ein graues Sportkostüm eingetauscht. Als Farbfleck ein smaragdgrünes Halstuch.

Die goldblonden Haare fielen schwer auf die Schultern. Leicht hervorspringende Wangenknochen verliehen dem Gesicht einen exotischen Charakter. Die dunkelgrauen, grünlich schimmernden Augen paßten gut dazu. Ihre auffallend langen Wimpern flatterten übernervös. Die kleine Nase war gerade und schmal. Entzückend, wie man so sagt. Die sinnlichen Lippen ließen an eine schöne reife Frucht denken. Das knallige Rot rief in mir eine Erinnerung wach, bei der mir unbehaglich wurde.

Im Treppenhaus von Jules Cabirol hatte ich ihr Gesicht nicht richtig gesehen. Es war zum Teil durch das Taschentuch und die Kapuze verdeckt gewesen. Hätte zum Identifizieren bestimmt nicht gereicht, wären nicht diese Schlangenlederschuhe hinzugekommen. Aber das junge Mädchen stand starr vor Schreck vor mir und sah mich zu eigenartig an. Wie Don Juan vor der Statue des Kommandanten.

Als sie dann noch ihre behandschuhte Hand an den Mund hob, um den fälligen Schrei zu ersticken, hatte ich keinen Zweifel mehr.

„Fallen Sie nicht um", sagte ich und nahm schnell ihren Arm. „Es gibt Häßlichere als mich!"

„Um Gottes willen!" stammelte sie.

„Die Welt ist klein, nicht wahr? Wenn ich mich nicht irre, sind wir uns schon mal begegnet."

Sie versuchte nicht, es abzustreiten.

Ihr verstörter Blick schien sich nicht von meinen Lippen lösen zu können. Er verfolgte deren angestrengten Versuche, sich zu einem gekünstelten Lächeln zu verziehen.

Zu Tode erschrocken nickte sie zustimmend:

„Ja, ja... ich... ich glaube..."

Ihre tonlose Stimme klang müde. Sie machte übrigens überhaupt einen todmüden Eindruck.

Ein Straßenjunge amüsierte sich über unsere Eheszene, drehte sich noch mehrmals zu uns um und lachte blöd.

„...Au! Lassen Sie mich bitte los, Monsieur. Sie tun mir weh."

Unbewußt hatte ich wohl ihren Arm fester gedrückt als notwendig.

„Von wegen!" sagte ich. „Damit Sie abhauen, hm? Nicht nochmal! Wenn wir uns schon wiedertreffen, wollen wir auch nett miteinander plaudern."

„Wie Sie wollen", resignierte sie.

Ich ließ ihren Arm los.

Sie blieb wie angewurzelt vor mir stehen. Das gefiel mir gar nicht. Fast wär's mir lieber gewesen, sie hätte zu fliehen versucht. Darauf hätte ich mir wenigstens einen Reim machen können. Aber so... dieses verängstigte kleine Mädchen...

Ich hatte das dumme Gefühl, mit einem Sieb Wasser zu schöpfen... Du lieber Gott! Ich und meine Phantasie!

„Gehen wir in mein Büro", schlug ich vor.

„Ihr Büro?"

„Irgendwo muß man ja auf sein Glück warten. Zu diesem Zweck hab ich ein Büro gemietet. Meistens schlafe ich dort. Hier gegenüber. Nur über die Straße. Dort sind wir ganz unter uns, in Grabesstille."

Ich nahm wieder ihren Arm. Sie nickte langsam, ließ sich dann widerstandslos von mir führen.

Wir gingen schweigend die Treppe hinauf. Zumindest was die Beine anging, hatte ich mich nicht getäuscht: sie waren sehr schön.

Als sie im zweiten Stock an meiner Tür das Schild mit meinem Beruf sah, zuckte sie zusammen und wich zurück.

„Poli... Sie sind Polizist?"

„Privatdetektiv. Hat nicht viel zu sagen. Sie brauchen keine Angst zu haben." Ich ließ ihr den Vortritt. Als sie die Agentur Fiat Lux betrat, murmelte sie undeutlich einen Satz. Ein Gebet vielleicht. Heutzutage lauert die Religion an den unmöglichsten Orten, manchmal sogar in Teufels Küche.

Als Hélène sah, was ich von meinem Kneipenbummel mitbrachte, riß sie die Augen zur Größe einer normalen Untertasse auf – einer nicht-fliegenden.

„Ich bin für niemand zu sprechen", gab ich Anweisung.

Dann bat ich das geheimnisvolle blonde Kind in mein Allerheiligstes. Sogleich erfüllte sie es mit ihrem betörenden Parfüm.

„Setzen Sie sich", sagte ich und schloß die Polstertür.

Mit leerem Blick ließ sie sich in den erstbesten Sessel fallen, ohne der Umgebung die geringste Aufmerksamkeit zu schenken. Dabei hing hinter Glas ein hübsches Ulk-Diplom an der Wand, das ihre Aufmerksamkeit verdient hätte: links von meinem Namen, der, eingerahmt von kunstvollen Verzierungen, in schöner Rundschrift aufgemalt war, löste ein Herr im Jakkett gerade ein Problem oder dachte ans Finanzamt, kurz, er war ziemlich übel dran, nach seinem Gesicht zu urteilen. Rechts stand eine nackte Frau mit Haaren bis auf den etwas zu großen Fuß.

Der Teufel allein mochte wissen, wo sie gerade war. Ich sprech jetzt wieder von der Blonden. Vielleicht bei Cabirol. Ich sah ihn wieder steif und kalt vor mir unter seinen Regalen, die angefüllt waren mit billigem Kram, armseligen, erbärmlichen Gegenständen. Darunter sogar ein Plüschbär, den er dem Kind einer armen Kirchenmaus aus den Armen gerissen hatte.

Ich murmelte etwas vor mich hin und ging zu ihr, um sie einer schnellen Prüfung zu unterziehen. Sie war allerhöchstens zweiundzwanzig. Sehr hübsch, sehr gut gebaut. Ob sitzend, stehend oder liegend, es lohnte sich, sich näher mit ihr zu beschäftigen. Entschieden sensationeller, als ich neulich beim ersten Zusammentreffen gedacht hatte.

„Ich bin heute etwas besser in Form als vorgestern", sagte ich. „Dafür scheint's bei Ihnen nicht so gut zu klappen. Eine kleine Erfrischung? Ich glaub, Sie haben eine nötig."

Keine Antwort. Nur ein flüchtiges Kopfnicken, vielleicht unbewußt. Ich verstand es einfach als Zustimmung. Aus dem Nebenzimmer holte ich die Requisiten meines seßhaften Trinkerdaseins. Sie bewegte sich nicht vom Fleck. Ich schenkte ein.

„Sollen wir uns denn mal bekanntmachen?" schlug ich vor. „Ich bin Nestor Burma. Mein Name steht auf dem Schild an der Tür. Und Sie?"

„Odette Larchaut", sagte sie nach kurzem Zögern.

„Im Ernst?"

Sie hob die Schultern:

„Mir ist nicht zum Scherzen zumute."

„Hier, trinken Sie das."

Ich reichte ihr ein Glas. Sie legte Tasche und Päckchen auf den Schoß und nahm das Glas. Ihre behandschuhten Hände zitterten ein wenig. Ich beugte mich vor und griff nach der Tasche. Dabei fiel das Päckchen auf den Boden. Die blonde Odette protestierte schwach und wurde noch zappliger, ließ das Päckchen aber liegen. Der Inhalt des Glases war schon zur Hälfte verschüttet. Sie kippte den gefährdeten Rest in einem Zug hinunter. Ich untersuchte die Tasche, ohne von ihr daran gehindert zu werden.

Die üblichen Utensilien: Lippenstift, Puderdose, Parfümfläschchen, Taschentuch usw.

Dann zog ich einen Briefumschlag hervor und las laut die Anschrift:

„Madame Ernestine Jacquier, Rue de Thorigny... Ein Glück, daß Sie keine Scherze machen", bemerkte ich.

„Das ist meine Mutter", sagte sie.

„Wiederverheiratet?"

„Witwe in zweiter Ehe."

„Schnüffeln Sie in ihrer Post?"

„Ich brauchte etwas, um mir was zu notieren... hab genommen, was gerade da lag."

Der Umschlag war leer. Die Rückseite trug den Dienststempel des Absenders: Maître Dianoux, Notar, Boulevard des Filles-du-Calvaire. Daneben mit Bleistift der Name einer Modezeitschrift und ein Datum.

„...Wenn Sie schon mal dabei sind zu schnüffeln", bemerkte das Mädchen spitz, „dann machen Sie's auch gründlich. Mein Name, Odette Larchaut, steht in dem Taschenkalender, den Sie bestimmt gleich finden werden."

Ich lächelte:

„Der Alkohol tut Ihnen anscheinend gut. So langsam erholen Sie sich wieder."

„Ich hätte gern noch mehr, wenn Sie nichts dagegen haben. Ja, der Alkohol tut mir gut."

Bestimmt hatte sie gleich einen sitzen. Um so besser. Würde mir die Arbeit erleichtern. Ich goß ihr nach. Sie nippte nur dran, was einen scharlachroten Bogen am Rand hinterließ.

Ich fuhr mit meiner Durchsuchung fort und fischte den angekündigten Kalender raus. Bei den persönlichen Angaben stand der Name Odette Larchaut. Sonst nichts. Das wollte nicht unbedingt etwas heißen, aber ich mußte mich damit zufriedengeben. Ich blätterte in dem Kalender. Viele weiße Seiten. Hier und da einige Notizen, nicht weiter interessant. Ich stopfte alles wieder in die Tasche.

„Wohnen Sie auch in der Rue de Thorigny?" fragte ich.

Sie leerte ihr Glas.

„Ja. Ist das verboten?"

Das kam wie ein Peitschenhieb. Der Schnaps hatte sie aufgepeitscht.

„Warum sollte das verboten sein? Ich nehme an, es ist eine ganz normale Straße."

„Kennen Sie sie nicht?"

„Müßte ich sie kennen?"

Sie stampfte mit dem Fuß auf.

„Sie sind dumm. Gehen Privatdetektive alle so vor? Wühlen mir nichts, dir nichts in Handtaschen?"

„Manche durchsuchen erst die Person, der die Tasche gehört. Ich wünsche Ihnen nicht, daß Sie einem dieser Gentlemen zwischen die Finger geraten, so hübsch wie Sie sind."

„Geben Sie mir meine Tasche wieder."

„Hier."

„Ich hoffe, Sie haben gefunden, was Sie suchten?"

„Nein."

„Was haben Sie denn gesucht?"

„Einen Revolver."

Sie fuhr hoch:

„Einen Rev... Warum, zum Teufel, sollte ich einen Revolver mit mir rumschleppen?"

„Stimmt. Sie haben recht: ich bin dumm. Warum denn einen Revolver? Wo Sie doch Brieföffner bevorzugen..."

Ihr unverschämter Gesichtsausdruck von eben verschwand wie eine schlecht sitzende Maske. Wolken zogen auf. Odette saß zusammengesunken im Sessel:

„Ach! Deshalb also?" flüsterte sie.

„Ich weiß nicht, ob es deshalb ist. Aber vielleicht helfen Sie mir dabei, mir eine Meinung zu bilden."

„Weil ... weil Sie glauben, daß ... daß ich diesen ... Mann umgebracht habe ... Cabirol?“

Ich hob das Päckchen aus dem Geschäft für Damenwäsche auf und setzte mich damit hinter meinen Schreibtisch.

„Stimmt das denn nicht?“ fragte ich.

Auf der rosa Papiertüte stand in hellblauer Schrift: ROSY-ANNE, *Damenunterwäsche, Strümpfe, Rue des Petits-Champs.* Zehn Meter von meinem Büro entfernt, Richtung Avenue de l'Opéra. Ein elegantes Schaufenster, aufreizend gefährlich, alles für die Phantasien der Männer, ledig oder verheiratet. So ist das nun mal.

„Nein, das stimmt nicht!“ protestierte sie heftig. „Ein Glück, daß ich Sie wiedergetroffen habe. Ich kann Ihnen alles erklären. Mich erleichtern. Hoffentlich beruhige ich mich dann ...“

Ich öffnete jetzt auch die rosa Papiertüte und zog einen hauchdünnen Nylonslip hervor, schwarz, mit Spitzen besetzt.

„... Das ist kein Leben mehr ... seit zwei Tagen ... ich ... Sie hören mir gar nicht zu“, seufzte sie.

„Täuschen Sie sich da nicht! Ich kann sehr gut zwei Dinge gleichzeitig tun ...“

Ich faltete das zarte Wäschestück auseinander und hielt es mit ausgestreckten Armen hoch.

„... Aber das ist ja ganz reizend!“ sagte ich affektiert mit dem schlüpfrigen Getue eines Handlungsreisenden. „Sie reden von Beruhigen und Erleichtern, aber denken daran, sich mit solch einem Firlefanz auszustaffieren, hm?“

„Ach! Das hat doch nichts zu sagen ...“

Sie machte eine ungeduldige Handbewegung.

„... Eine Frau ist eine Frau. Ich kann nicht mal sagen warum ich den Slip gekauft habe ...“

„Sehr hübsch jedenfalls ... sehr aufreizend ... Paßt Ihnen bestimmt wie angegossen.“

Ihre Wangen färbten sich purpurrot.

„Ich erlaube Ihnen nicht, die Situation auszunutzen“, brach es aus ihr hervor. „Ich habe endgültig genug, verstehen Sie? Genug! Genug! ...“

Sie stampfte mit beiden Füßen auf.

„... Ihr seid alle gleich, ob ihr nun Cabirol oder Burma oder sonstwie heißt. Dreckige, widerliche Schweine. Ich..."

Die Stimme versagte ihr. Sie zitterte wie Espenlaub. Eben war ihr Gesicht unter dem Make-up rot gewesen, jetzt wurde es kreideweiß. Sie verdrehte die Augen und stieß leise, klägliche Jammerlaute hervor. Als sie vom Sessel rutschte, holte ich die Krankenschwester.

„Helfen Sie mir mal bitte, Hélène. Sie ist gerade in Ohnmacht gefallen."

Hélène tat so, als klapperte sie auf der Schreibmaschine. Jetzt unterbrach sie die vorgetäuschte Arbeit und richtet ihren Blick auf meine rechte Hand.

„Vielleicht mag sie es nicht, wenn man ihr den Slip auszieht", gab sie mir zu verstehen.

Fluchend pfefferte ich das Ding in die Ecke.

Endlich ließ Hélène ihre *Underwood* alleine und ging, vielsagend lächelnd, ins Direktorenzimmer. Dort bemühte sie sich um die Ohnmächtige.

„Wer ist sie?" erkundigte sie sich während der Operation. „Eine Klientin?"

„Ein Zeitvertreib."

„Wird immer besser. Ich..."

Sie sprach nicht weiter. Odette kam wieder zu sich. Fragte nicht: ‚Wo bin ich?' Das macht man heutzutage nicht mehr. Sie brach in Schluchzen aus. Das macht man immer noch.

„Beruhigen Sie sich", sagte Hélène sanft. „Er ist schon lange nicht mehr gefährlich."

Sie half der Blonden in den Sessel.

Ich schenkte ihr ein drittes Glas ein. Sie rührte es aber nicht an.

Wie ein geprügelter Hund sah sie mich mit ihren feuchten Augen an. Die Tränen hatten die Wimperntusche ganz verschmiert. Trotzdem sah sie immer noch sehr schön aus.

„Entschuldigen Sie bitte", stammelte sie. „Ich... Diese Ängste seit zwei Tagen... Die Anspannung... Ich möchte jetzt gehen."

Sie versuchte, in diesen letzten Satz soviel Kraft wie möglich hineinzulegen. Manche Waschlappen strahlen mehr Energie aus.

„Nicht in diesem Zustand", sagte ich. „Ruhen Sie sich etwas aus. Warten Sie, bis daß Sie sich beruhigt haben."

Ich machte Hélène ein Zeichen. Sie konnte wieder an ihren Klapperkasten gehen. Ohne überflüssigen Kommentar zog sie sich zurück.

Odette Larchaut und ich waren wieder alleine und schwiegen uns an. Nach und nach beruhigte sich das Mädchen. Sie atmete immer weniger heftig. Die Tränen hörten auf zu fließen. Sie trocknete die letzten mit ihrem zerknüllten Taschentuch, putzte sich die Nase. Dann seufzte sie nochmal, fuhr sich mit der Hand über die schweißbedeckte Stirn, strich sich die Haare zurück, die ihr ins Gesicht fielen.

Ich räusperte mich:

„Hm... Ich wollte nicht boshaft sein, glauben Sie mir."

Sie antwortete nicht.

„Anscheinend hab ich unangenehme Erinnerungen geweckt..."

Ein kleiner Schluchzer. Nicht mehr.

„Wenn ich Sie richtig verstehe, dann war Cabirol so einer, hm? So ein geiler Bock. Bißchen schleimig, kein Kostverächter bei jungem Gemüse. Er wollte also..."

„Ich bitte Sie, Monsieur", hauchte sie.

„Hören Sie, meine Liebe. Ich muß das wissen. Sitz nämlich auch mehr oder weniger in der Tinte."

Ich zog einen Stuhl ran und setzte mich der Blonden gegenüber.

„...Also? Ja oder nein?"

„Ja."

„Aber er ist nicht aufs Ganze gegangen. Hat nur versucht, Sie zu küssen?"

„Ja."

„Da haben Sie den Brieföffner vom Schreibtisch genommen und haben zugestochen."

Ihre Augen wurden schiefergrau wie ein trüber Regenhimmel, hatten plötzlich dunkle Ringe. Sie sah mir mit dramatischer Unbeweglichkeit ins Gesicht:

„Entsetzlich…"

Ich hob die Schultern und klopfte ihr väterlich aufs Knie:

„Nun übertreiben Sie mal nicht. Cabirol war ein ziemlich dreckiges Schwein, sogar in mehrerer Hinsicht."

Sie schrie mich beinahe an:

„Aber verstehen Sie denn nicht, Monsieur Burma? Ich…ich hab's nicht getan!"

„Sie haben ihn nicht getötet?"

Sie schüttelte den Kopf.

Ich lächelte sie an:

„Na ja, dann war er vielleicht doch nicht das vollendete Schwein, wofür ich ihn hielt. Konnte so was wie Gewissensbisse bekommen und hat sich eigenhändig das Herz durchbohrt. Um sich selbst zu bestrafen, für sein Verhalten Ihnen gegenüber."

Sie schüttelte wieder den Kopf. Ihre Haarpracht wirbelte in alle Richtungen:

„Sie sind grausam…"

Sie verbarg das Gesicht in den Händen und beugte sich vor, die Ellbogen auf den Knien. Durch ihre Finger stammelte sie:

„…Er hat mich…ja, er hat mich geküßt…heftig…sehr …hat mich an sich gepreßt…ich hab mich losgemacht…hab ihn zurückgestoßen…dann bin ich rausgelaufen, halbtot vor Scham…"

„…und haben mich unten im Treppenhaus getroffen."

„Ich…ja…kann sein…ich weiß es nicht mehr."

„Aber ich weiß es. Ich weiß auch, daß Sie wiedergekommen sind…vielleicht nicht gerade, um mir eins zu verpassen… aber, na ja, geschah mir ganz recht."

6.
Odette erzählt

Ihre Hände rutschten die Wangen runter. Einen Augenblick lang betrachtete sie sie, so als wüßte sie nicht, was sie mit ihnen anfangen sollte. Dann überließ sie sie ihrem Schicksal und ihrem Gewicht. Sie plumpsten auf ihre Oberschenkel. Dort blieben sie aber nicht lange. Hastig zogen sie schamhaft am Rocksaum, wodurch aber auch nicht viel verdeckt wurde.

Odette hob den Kopf wieder und sah mich traurig an:

„Sie glauben mir nicht? Das ist doch nicht möglich."

Ich sagte gar nichts.

„... Ich war's nicht."

„Aber Sie sind doch zurückgekommen, oder?"

„Ja."

„Warum?"

Händeringend jammerte sie:

„Es macht Ihnen Spaß, mich zu quälen. Ja, ich weiß. Verbrecher werden immer gequält... Aber ich bin kein Verbrecher ... Herrgott nochmal! Was muß ich tun, damit Sie mir glauben?"

„Ganz einfach: mir ihre Version der Ereignisse schildern", schlug ich vor. „Das kann doch nicht so schwer sein. Ich versprech Ihnen auch, Sie nicht zu unterbrechen."

Sie nahm meinen Vorschlag an.

Es dauerte länger, als ich angenommen hatte. Nicht daß es so kompliziert gewesen wäre. Aber ihr Bericht war schlecht vorbereitet, manchmal unzusammenhängend, unterbrochen von Schweigen oder Jammern, voll von Wiederholungen und Rück- und Vorblenden. Die Filmemacher der neuen Schule konnten vor Neid erblassen.

In groben Zügen erfuhr ich folgendes: Cabirol und Odette kannten sich schon eine Ewigkeit. Er ging bei den Larchauts ein und aus, als sie noch gar nicht geboren war. Der inzwischen verstorbene Larchaut und Cabirol (jetzt ebenfalls verstorben) waren zusammen im Krieg gewesen. 1914.

Das Ganze interessierte mich nicht gerade übermäßig. Aber schließlich kam sie zu dem verhängnisvollen Tag, als sich unsere beider Schicksale in dem übelriechenden Treppenhaus gekreuzt hatten.

„Cabirol war zwar ein Freund meiner Familie", erklärte sie mir. „Wenigstens behauptete er es, aber bei ihm galt: Geschäft ist Geschäft..."

Ich wußte doch, was das hieß, oder? Wenn nicht, vertraute sie darauf, daß ich es ahnte. Ein junges Mädchen von heute braucht immer Geld. Gewisse Ausgaben übersteigen die Möglichkeiten. Kleider sind teurer, als man den Eltern eingestehen kann. Also muß man sich woanders den Differenzbetrag holen. Kurz, hin und wieder war die Kleine zu Cabirol gegangen, geschäftlich...

„...Schmuck aus der Sammlung meiner Mutter. Vielleicht gab er mir etwas mehr als üblich; aber er hätte mir nie einen Sou ohne Pfand gegeben... So war er nun mal... Vor kurzem hatte ich einen Ring bei ihm versetzt. Und diesen Ring wollte ich an dem Tag wieder auslösen... Sofort erzählte er mir, in welche Verlegenheit mein Besuch ihn brachte. Er hatte mich nicht erwartet. Das Pfand konnte er mir nicht geben. Wertvollen Schmuck, der ihm anvertraut wurde, deponierte er an einem sicheren Ort, nicht bei sich. Ich merkte gleich, daß er log. Er wollte mir etwas...etwas..."

„...Er wollte Ihnen einen Vorschlag machen. So wird das im allgemeinen genannt."

„Ja, genau."

„Und hat er Ihnen diesen Vorschlag gemacht?"

„Mit dem nötigen Zynismus, ja. Er wollte mich erpressen, verstehen Sie?"

„Ja."

„Ich war wie vom Donner gerührt. Das kam so unerwartet. Bevor ich mich von meiner Überraschung wieder erholen konnte, hatte er mich schon gepackt und geküßt. Ich wäre fast ohnmächtig geworden vor Abscheu... Gott sei Dank konnte ich ihn zurückstoßen und hinauslaufen..."

Nach einer Pause fügte sie hinzu:

„... Aber ich hab ihn nicht getötet."
„Aber Sie sind zurückgekommen?"
„J... ja, ja."
„Warum?"
Sie senkte den Kopf.
„Erst bin ich durch den Regen gegangen. Wußte nicht, wie ich mich entscheiden sollte. Ich war zu Tode erschrocken über das, was soeben passiert war. Und weil ich mein Pfand nicht zurückbekommen hatte. Ich ging zurück..., um ihn zu bitten, ihn anzuflehen... und vielleicht auch..."
„Um nachzugeben?"
Sie schüttelte sich:
„Vielleicht. Ich weiß es nicht..."
„Und dann?"
„Sie lagen da. Neben ihm. Man hätte Sie beide für tot halten können. Bei ihm war ich mir da ganz sicher. Dieser Dolch mit dem goldenen Griff... Manchmal ist man richtig bösartig, Monsieur, nicht wahr?"
„Der Mensch ist nicht übermäßig gut, nein. Warum fragen Sie mich das?"
„Weil ich nichts empfunden habe, als ich ihn da so liegen sah. Ich meine... im ersten Augenblick, weil... hinterher ... Aber jetzt war ich nicht so entsetzt wie vorher, als er mich geküßt hatte... Und ich habe sogar..."
Ihre Stimme wurde immer leiser:
„Ich frage mich, wie ich so was fertigbringen konnte..."
„Was denn?"
„Ich habe ihm den Mund abgewischt... Man sollte nicht merken, daß eine Frau... Mein Taschentuch hab ich danach in einen Gully geworfen... als ich zum zweiten Mal weggelaufen bin... nachdem Sie versucht hatten, mich am Fuß zu erwischen ... ich hab mir Ihr Gesicht nicht genau angesehen, aber es hat sich mir eingeprägt, und eben, als wir uns wieder gegenüberstanden..."
Sie stieß einen tiefen Seufzer aus:
„So!... Jetzt hab ich Ihnen alles erzählt... Ich weiß gar nicht, warum... Ich glaub, es hat mich... erleichtert."

„Den Eindruck hab ich auch. Aber Sie hätten sich schon viel früher erleichtern können."

„Früher?" wiederholte sie.

„Am selben Tag. Indem Sie die Polizei benachrichtigt hätten."

Mit schreckgeweiteten Augen rief sie:

„Oh! Das konnte ich doch nicht... Ich konnte nicht in ein Verbrechen verwickelt werden... auch nicht am Rande... Ich bin verlobt... Mein zukünftiger Mann kommt aus einer der konservativsten Familien des Marais. Wenn er jemals erführe... Nein, mir blieb nichts übrig, als wegzulaufen und Gott zu bitten, es möge nie herauskommen, daß ich an dem Tag bei diesem Mann gewesen war."

Sie lächelte schwach:

„Bestimmt war meine Bitte nicht leidenschaftlich genug, weil... jetzt..."

„Lassen Sie Gott aus dem Spiel", riet ich ihr. „Er hat sowieso schon zuviel zu tun, bei seinem Alter... Noch einen Schluck Armagnac?"

„Ja... Jetzt kann ich mich nur noch betrinken."

Ich reichte ihr noch einmal das Glas, das sie eben nicht angerührt hatte. Sie trank, ich dachte nach. Als sie das leere Glas auf den Schreibtisch stellte, sagte sie etwas. Aber ich war so in meine Gedanken vertieft, daß ich den Sinn ihrer Worte nicht aufnahm. Wieder zog sie an ihrem Rock. Dieses übertriebene Schamgefühl! Ich starrte auf ihre Beine, ohne sie wirklich zu sehen. Aber das konnte das Mädchen ja nicht wissen. Plötzlich schlug ich mir mit der rechten Faust in die linke Handfläche.

„Der Riegel!" rief ich. „Die Schlüssel!"

„Was?"

„Nichts. Ich hab mit mir selbst gesprochen. Was haben Sie gerade gesagt? Entschuldigen Sie bitte, ich hab eben nicht zugehört."

„Ich hab Sie gefragt, was Sie jetzt zu tun gedenken?" fragte sie mit leiser, besorgter Stimme.

„Erst mal werd ich Ihnen noch ein paar Fragen stellen."

„Ich hab Ihnen doch schon alles erzählt."

„Das spielt keine Rolle. Ein Detektiv muß immer Fragen stellen."

„Ich hab Cabirol nicht getötet."

„Ich weiß. Ich weiß auch, daß nicht Sie mich niedergeschlagen haben."

„Sondern?"

„Hören Sie… Als Sie zum ersten Mal aus Cabirols Wohnung geflüchtet waren, nachdem Sie ihn abgewehrt hatten, ihn und seine Vertraulichkeiten…"

Komisch! Was der alte Gauner getan hatte, war immer irgendwie vertraulich gewesen!

„…Wieviel Zeit haben Sie da etwa gebraucht, um die Treppe hinunter- und mir in die Arme zu laufen?… An dem Tag waren sie wohl zu so was ausersehen, hm?"

„Wie soll ich das wissen?"

„Sind Sie direkt runtergelaufen?"

„Tja…vielleicht bin ich in der ersten Etage stehengeblieben… um Atem zu holen…mich etwas zu beruhigen …schon möglich…"

„Gut. Kommen wir noch mal auf das erste Mal zurück – das erste Mal an dem Tag! War die Tür verschlossen?"

„Nein, wie immer. Man brauchte nur den Türknauf zu drehen und hineinzugehen."

„Sind Sie sicher?"

Irgendetwas stimmte da nicht.

„Sie war nicht verschlossen."

„Gut. Sie gehen also hinein. War er im vorderen Zimmer oder hinten?"

„Ich hatte das Gefühl, daß er aus seiner Wohnung kam."

„Sehr gut. Ihr Besuch schien ihm nicht zu gefallen, nicht wahr?"

„Das war nur gespielt. Er…"

„Das war nicht gespielt. Sie haben ihn gestört. Er war nämlich nicht alleine. Eine Konferenz, wenn man das so nennen kann. Und diese Konferenz machte ihn nervös. Deshalb wollte er sich an Ihnen abreagieren. Letztlich hätte er nicht mehr gewagt als diesen Kuß, verstehen Sie? Die Umstände erlaubten es nicht."

„Versteh ich nicht."

„Sie kannten Cabirol zwar schon lange, aber ein Spezialgebiet seines ‚Berufs' kannten Sie nicht. Hoffe ich wenigstens."

„Ein Spezialgebiet? Ach ja, ich verstehe. Er hat Geld verliehen, bestimmt zu Wucherzinsen. Das machen sie alle."

„Und ein bißchen Hehler war er auch noch. Hatte Verbindungen zur Unterwelt. Die Flics haben bei ihm die Fingerabdrücke eines Mannes gefunden, der rechtskräftig wegen Einbruchdiebstahls verurteilt ist."

Sie fuhr sich mit der Hand an den Mund.

„Mein Gott! Woher wissen Sie das?"

„Lassen Sie doch mal Ihr Köpfchen arbeiten. Ich bin doch Detektiv, oder?... Also, Cabirol hat gerade ‚Konferenz'. Sie stören ihn. Er hat seine Tür nicht verriegelt, weil er sich einen Dreck darum kümmert, was seine üblichen Kunden sehen könnten und was sie über das denken könnten, was sie gesehen haben. Cabirols Kunden müssen nur eins: eine lächerliche Summe für einen wertvollen Gegenstand akzeptieren und sich auch noch deswegen glücklich schätzen. Und ansonsten die Klappe halten. Im allgemeinen wollen sie auch nicht mehr. Sorgen machen blind. Diese Art Kunden hätte Cabirol nicht stören können. Bei Ihnen ist das was anderes. Er gehört beinahe zur Familie."

„Jetzt übertreiben Sie aber", widersprach sie. „Seit dem Tode meines Vaters haben wir ihn nur gelegentlich mal gesehen."

„Ich versuche, mir sein Benehmen zu erklären. Er wollte gewisse Dinge unbedingt vor Ihnen geheimhalten. Und deshalb wird er nervös, als Sie ihn beinahe mit einem Gangster überraschen, dem man das meilenweit ansieht. Wahrscheinlich hat er Angst, daß der Kerl reinkommt und Sie den Gegenstand ihrer Geheimkonferenz erraten. Also... Jawohl. Er wollte Sie überhaupt nicht vergewaltigen, verstehen Sie?"

„Müssen Sie wirklich so direkt sein?"

„Ich nenne die Dinge beim Namen. Daß er Ihr Pfand nicht da hatte, entsprach sicher der Wahrheit... A propos, was ist mit dem Schmuck?“

„Großer Gott! Ich hatte seitdem größere Sorgen. Er ist natürlich immer noch da. Und ich werd ihn mir auch bestimmt nicht holen.“

„Und wenn Ihre Mutter das Fehlen bemerkt?“

„Na ja, äh... zum Glück hält sie keine Ordnung. Aber vielleicht wird sie es früher oder später bemerken. Oder vielleicht auch nicht. Das wäre zu schön! Wenn's aber nicht anders geht, werd ich ihr natürlich alles beichten. Das wäre nicht so peinlich für mich, als ihr zu erzählen, daß... das andere.“

„Haben Sie ihr noch nichts gesagt?“

„Nein.“

„Na schön. Kehren wir zu Cabirol zurück. Höchstwahrscheinlich hat er Sie nicht angelogen. Er konnte Ihnen Ihr Pfand nicht sofort zurückgeben. Durch die Knutscherei wollte er nur jegliche Diskussion darüber im Keim ersticken. Sie mußten schnell raus. Ist er Ihnen gefolgt?“

„Nein.“

„Sehen Sie? Er wollte Sie so schnell wie möglich loswerden, um wieder zu seinem Gast ins hintere Zimmer zu gehen. Meiner Meinung nach hätte er sich gar nicht so sehr zu beeilen brauchen, aber, na ja, so muß sich das wohl abgespielt haben.“

„Dann wäre dieser Mann... äh...“

„... der Mörder, ja.“

Ich genehmigte mir noch einen ganz kleinen Schluck. Schließlich war ich am Zug. Meine Theorie nahm Gestalt an. Ich war so liebenswürdig, sie zu erläutern:

„... Aus Eigennutz. Ein wenig auch aus Angst. Und aus Rache. Er hat einfach die günstige Gelegenheit ausgenutzt. Die Flics sind der Meinung, der wuchernde Pfandhehler diente auch als Tresor für Verbrecher, die vorübergehend aus dem Verkehr gezogen wurden. Im Gefängnis saßen, wenn Ihnen das lieber ist. Er verwahrte ihr Geld, bis daß sie wieder rauskamen. Der Mann, der vorgestern bei ihm war, war ein entflohener Häftling, von der Polizei gejagt, brauchte also Geld. Es ist wohl anzunehmen, daß Cabirol mit dem Geld umging wie mit Ihrem Pfand: er konnte nicht sofort darüber verfügen ... weil er es zu lange zur Verfügung gehabt hatte. Solche Tricks kommen immer schlecht an. Und die Diskussionen hinterher gehen entsprechend übel aus. Schnauzerei, Drohungen... Cabirol war ja auf mehreren Instrumenten zu Hause. Also tut man ihm wohl nicht unrecht mit der Annahme, daß er auch schnell zum Polizeispitzel werden konnte. Nicht nur, daß er den Sparstrumpf nicht rausrücken wollte oder konnte. Er drohte dem andern damit, ihn an die Flics zu verraten, falls er keine Ruhe geben würde. Also nutzt Latuit die Situation aus. Cabirol ist mit einer reizenden Blondinen... äh... aneinandergeraten – das hat der Gangster mitgekriegt, ohne daß Sie es wußten –, und zwar so heftig, daß man es ihm noch ansieht – das Kainszeichen auf dem Mund – und anriecht – das Parfüm... Mit etwas Glück wird man zuerst eine Frau verdächtigen. Er kann Zeit gewinnen. Pech für ihn! Die Sache mit dem Lippenstift wendet sich gegen unseren kleinen Ausbrecher, wenn ich das mal so sagen darf. Er hat nämlich zweideutige Interessen, obwohl... eigentlich sehr eindeutige... Sie haben den Lippenstift nicht ganz abgewischt, Mademoiselle Larchaut. Ist noch was drangeblieben. Genug, um die Leute im Labor der Tour Pointue glücklich zu machen. In ihrer Art sind das nämlich auch kleine Voyeure. Lippenstift und Fingerabdrücke eines entwichenen Schurken: die Schlußfolgerung liegt auf der Hand."

„Sie wissen aber 'ne Menge!" rief sie mit einer Art ängstlichem Respekt.

„Ich nehm 'ne Menge an. Gehört zu meinem Beruf. Ich nehm zum Beispiel an, daß er Cabirol sofort umgebracht hat, als Sie weg waren. Und ich erschein auf der Bildfläche, bevor er Zeit zum Abhauen hat. Er versteckt sich und schlägt mich nieder."

„Aus welchem Grund?"

„Aus Gewohnheit oder so."

Von wegen! Um sich aus dem Staub zu machen, schlicht und einfach. Ich hatte doch den Schlüssel für das Sicherheitsschloß in der Tasche. Jetzt wußte ich auch, warum ich so ein eigenartiges Gefühl gehabt hatte, als ich den unheilvollen Ort verließ. Dieses vage Gefühl, etwas vergessen zu haben, daß irgendetwas fehlte oder nicht stimmte. Eben, bei dem Bericht der Kleinen, war's mir eingefallen: ich hatte die Tür zugesperrt, um...ja klar!...und als ich die Wohnung verlassen hatte, war der Riegel nicht mehr vorgeschoben gewesen. Da hatte es in meinem Unterbewußtsein geklingelt. Aber selbst der Schlag auf den Kopf hatte mein Unterbewußtsein nicht nach oben bringen können. Und so hatte es nur zu diesem eigenartigen vagen Gefühl gereicht... Latuit war in der Wohnung gefangen. Er mußte mir eins überziehen, um erstens den Schlüssel und zweitens das Weite zu suchen... Also hat er mir eins übergezogen. Hat es nicht mal für nötig gehalten, hinter sich wieder abzuschließen – was auch überhaupt nicht so günstig gewesen wäre. Und ich hatte freie Bahn. Und Odette auch.

„So", schloß ich. „Möchte bloß wissen, warum ich Ihnen das alles erzähle. Pah! Bestimmt, um etwas wiedergutzumachen. Ich hab Sie so vieler schrecklicher Dinge verdächtigt, daß...na ja, Schwamm drüber... Ein Glück, daß wir uns nochmal begegnet sind. Ich hab gar nichts dagegen, daß man Cabirol beseitigt hat. Wär' mir aber trotzdem gegen den Strich gegangen, wenn Sie die gerechte Strafe vollstreckt hätten. Aber...sprechen wir von was anderem. Ich interessiere mich für Maurice Badoux. Sie wissen doch, wer das ist, oder?"

Odette runzelte die Stirn:

„Maurice Badoux?"

„Der Zeuge, der – offiziell – Cabirols Leiche entdeckt und die Polizei alarmiert hat. Erzählen Sie mir nicht, daß Sie seitdem keine Zeitungen mehr gelesen haben. In Ihrer Situation wär das mehr als ungewöhnlich."

„Ich hab sie nicht nur gelesen, ich hab sie verschlungen. Kenn sie auswendig. Ja, Maurice Badoux, der Stud..."

Sie stockte und biß sich auf die Lippen. Das verdammte Rot färbte wieder ab. Diesmal auf ihre Zähne. Sie sah mir offen in die Augen. Jemand, der plötzlich merkt, daß er an der Nase herumgeführt wurde.

„Die Zeitungen!" rief sie.

Sie stampfte mit dem Fuß auf:

„Ich bin ein riesengroßes Rindvieh, stimmt's?"
„Warum denn?"
„Weil ich mich von ihrem Schild an der Tür beeindrucken laß... O nein!" fuhr sie gestikulierend fort. „Ich bedaure nicht, Sie als Beichtvater benutzt zu haben..."
Sie zuckte die Achseln.
„... Das hat mir gutgetan. Aber Sie müssen doch zugeben, daß Sie ein ziemlich merkwürdiger Beichtvater sind, oder? Ich möchte wissen, mit welchem Recht Sie mich ausgehorcht haben. Schließlich stehen Sie mir um nichts nach, Monsieur Burma, hm?"
Sie versuchte ein Lächeln. Es wurde ein komplizenhafter Blick:
„Wenn ich vertuscht habe, daß ich in der Wohnung war, dann haben Sie anscheinend genau dasselbe getan. Von Ihnen ist in den Zeitungen genausowenig die Rede. Und Sie haben es diesem Maurice Badoux überlassen, die Polizei zu benachrichtigen."
Ich mußte lachen:
„*Touché!*" mußte ich zugeben. „Stimmt, ich habe auf jede Publicity verzichtet."
„Warum?"
„Wegen meiner gesellschaftlichen Stellung."
„Und was wollten Sie von Cabirol?"
„Tzz... Tzz... Man könnte meinen, Sie wollen mich verhören."
„Wir stehen punktgleich."
Zweifelnd schüttelte ich den Kopf:
„Das würde ich bestreiten, aber macht nichts... Was meinen Sie: was hat man bei einem Pfandleiher verloren?"
„Ach! Erzählen Sie mir nicht, daß..."
„Daß was? Ich wollte auch was versetzen."
„Nein!"
„Doch."
„Wirklich zu komisch..."
Sie lachte nervös auf:
„... Also blank?"

„Kann vorkommen... Äh... Dieser Badoux – es stört Sie doch nicht, wenn ich wieder auf ihn zurückkomme, oder? –, kennen Sie ihn?"

„Nein."

„Sie wissen nicht zufällig, in welcher Beziehung er zu Cabirol stand?"

„Nein. War der nicht auch... blank?"

Sie sprach langsam, mit höflicher Langeweile:

„... Die Zeitungen schreiben..."

„Ich weiß nicht genau, was er ist", seufzte ich. „Macht nichts..."

Ich sah auf die Uhr und stand auf.

„... Sie können sich auf der Toilette drüben wieder herrichten. Und dann gehen Sie..."

Nach kurzem Zögern stand sie ebenfalls auf.

„Gehen? Soll das heißen, daß..."

„... ich Sie nicht bis zum Sankt-Nimmerleins-Tag hierbehalte, jawohl!"

„Was werden Sie jetzt machen? Werden Sie... werden Sie zur Polizei gehen und ihr von unserer Unterhaltung berichten?"

„Nein."

„Dann bleibt alles, was ich Ihnen erzählt habe, unter uns? Mein Verlobter und meine Mutter werden nicht erfahren, daß..."

„Ich hab keine Veranlassung, ihnen was zu sagen. Ich habe Ihnen... die Beichte abgenommen, wie Sie es nennen, um mich zu informieren. Und Cabirols Ende ist mir scheißegal."

Sie sah mich dankbar an.

„Vielen Dank, Monsieur Burma... Wo ist die Toilette?"

Ich zeigte ihr den Weg. Sie verschwand, um sich einen neuen Anstrich zu geben. Ich zog meinen Regenmantel über, kämmte mich mit zwei Fingern und setzte meinen Hut auf. Dann ging ich in Hélènes Büro.

„Brauchen Sie noch meine Hilfe?" fragte sie ironisch.

„Nein. Ich komm schon alleine zurecht. Nichts Neues von Zavatter?"

„Nein."

„Hm... Ich glaub, der kümmert sich 'n Dreck darum. Ist nicht bei der Sache. Haben Sie nicht auch den Eindruck, Hélène?"

„Ist mir nicht aufgefallen."

„Hm. Sie sind ein großartiges Mädchen. Gibt's nicht so oft ... Muß wohl am Geld liegen."

„Welches Geld?"

„Verstehen Sie nicht, was ich damit meine?"

„Vielleicht..."

Odette kam ins Büro und unterbrach uns. Hübsch zurechtgemacht, süß, zum Anbeißen. Genau die richtige Spur von Müdigkeit unter den Augen, um interessant zu wirken.

„So", sagte sie. „Ich... mir bleibt nur noch, mich von Ihnen zu verabschieden, Monsieur Burma."

Sie bedachte Hélène mit einem liebenswürdigen Lächeln und reichte mir die Hand. Ich nahm sie nicht.

„Gehen Sie jetzt nach Hause?"

„Ja."

„Ich gehe mit Ihnen. Hab mir überlegt, daß Ihre Mutter Cabirol bestimmt besser kannte als Sie. Vielleicht kann sie mir einiges über diesen Badoux erzählen."

Sie zuckte zusammen.

„Ich bezweifle sehr, daß Mama Ihnen irgendwie nützlich sein könnte."

„Ich kann's ja mal versuchen."

„Sicher", erwiderte sie bissig. „Und bei der Gelegenheit auch gleich überprüfen, ob ich wirklich in der Rue de Thorigny wohne und wirklich verlobt bin."

„Und ausgerechnet Sie bezeichnen sich als Rindvieh!" lachte ich.

Als gute Verliererin stimmte sie in mein Lachen ein.

7.
Die Gießerei

Madame Ernestine Jacquier hatte die Fünfzig zwar schon überschritten, sah aber immer noch gut aus. Mit der vorhandenen Schönheit wäre so mancher Mann höchst zufrieden gewesen. Das gepflegte weiße Haar hatte einen blauen Schimmer. Augen und Nase wie die Tochter. Die Haut schien noch recht straff zu sein. Nur das zu stark aufgetragene Make-up störte etwas. Man konnte nicht sagen, daß sie elegant war. Ihre Art sich zu kleiden hatte irgendetwas Knalliges an sich, was zu dem grellen Make-up paßte. Wie ein Relikt aus den 20er Jahre. Damals, auf dem Höhepunkt ihrer Jugend, hatte sie sicher viel Erfolg gehabt zu den Klängen der ersten Jazzbands. Ich hatte von der großbürgerlichen Schicht des Marais gehört. Vielleicht gehörte sie dazu; aber sie besaß nicht diese steife Vornehmheit, die ich – zu Recht oder zu Unrecht – mit den Vertreterinnen dieser Schicht verbinde. Auf den ersten Blick jedenfalls erschien sie mir deshalb nur um so sympathischer. Nicht für zwei Pfennig kompliziert. Wir wurden auf der Straße vorgestellt, einfach so, ganz zwanglos.

Odette und ich hatten ein Taxi genommen. Wegen eines Verkehrsstaus, der ewig zu dauern schien, konnte man aber nicht in die Rue de Thorigny kommen. Also ließ ich in der Rue de la Perle anhalten.

Wir stiegen aus. Während ich den Fahrer bezahlte, hörte ich hinter mir die Stimme einer älteren Frau:

„Sieh an! Guten Abend, mein Mädchen."

Odette war schon ein paar Schritte vorausgegangen.

„Guten Abend, Mama", grüßte sie zurück.

Ich drehte mich um und ging auf Mama zu. Sie sah mir neugierig entgegen. Ich nehme aber an, daß sie alles mit derselben Neugier ansah, einschließlich der Personen und Sachen, die sie auswendig kannte. Der Gesichtsausdruck schien ihr angeboren. So was nennt man im Süden Frankreichs *des yeux ravis,* ein „hocherfreutes Gesicht".

„Meine Mutter, Monsieur Burma", sagte Odette ohne rechte Begeisterung.

Man hätte meinen können, daß sie mich unter falschem Namen vorstellte.

Ich lüftete meinen Hut und verbeugte mich. Madame Jacquier reichte mir die Hand.

„Sehr erfreut, Madame", sagte ich. „Odette hat mir viel von Ihnen erzählt."

„Das ist aber nett von ihr", flötete sie mit ironischem Unterton. „Und so unerwartet! Ich hab nicht geglaubt, daß sie sich außer Haus daran erinnert, daß es mich überhaupt gibt ... Kennen Sie sich schon lange?"

„Ziemlich. Aber noch länger hatten wir uns aus den Augen verloren. Heute haben wir uns ganz zufällig getroffen."

„Du hast mir nie von Monsieur erzählt", sagte sie zu ihrer Tochter, wartete aber keine Antwort ab und wandte sich wieder mir zu:

„Monsieur ... wie war noch gleich der Name?"

„Burma", sagte ich. „Nestor Burma."

Sie kniff die Lippen zusammen. Auch sie benutzte keinen kußfesten Lippenstift.

„Den Namen hab ich schon mal irgendwo gehört."

„Ein Juwelier mit Geschäften auf den Champs-Elysées und den Grands Boulevards heißt genauso", half ich ihr auf die Sprünge.

„Sind Sie das?"

„Leider nein!"

„Heißt der auch Nestor mit Vornamen?"

„Ich glaub nicht."

Ohne erkennbaren Grund fing sie an zu lachen. Ziemlich albern.

„Sie gefallen mir", sagte sie. „Ich kenne zwar nicht alle Freunde meiner Tochter ... heutzutage vertrauen die Kinder ihren Eltern nichts mehr an ... aber von denen, die ich kenne, sagen Sie mir am meisten zu ..."

Sie hob seufzend die Schultern:

„... Na ja, jetzt heiratet sie bald. Schluß mit den Dummheiten. Sofern Heiraten nicht die größte ist... Wenn man sieht, was manchmal dabei herauskommt... Oh! Mein Gott!..."

Sie tat so, als fiele ihr plötzlich wieder ein, daß sie Milch auf dem Herd stehen hatte oder so was Ähnliches. Im Taxi hatte ich Odette noch einmal schwören müssen, ihrer Mutter nichts von dem Abenteuer bei Cabirol zu erzählen. Meiner Meinung nach war diese Vorsichtsmaßnahme völlig überflüssig. Sie hätte ihrer Mutter alles erzählen können, lang, breit, diagonal, von hinten nach vorne. Was durch ein Ohr reinkam, ging zum andern bestimmt wieder raus, ohne sich lange in der öden Landschaft ihres Hirns aufzuhalten.

„...A propos..."

Sie wandte sich an ihre Tochter:

„...Jean hat einen neuen Pinguin entworfen. Könnte man als Lampe nehmen. Du wirst sehen, sehr hübsch. Sie sind gerade dabei, die Gußform herzustellen. Deshalb war ich in der Werkstatt. Aber ich konnte es nicht mehr aushalten. Ich mußte mich bewegen..."

Das glaubte ich ihr ohne weiteres. Sie ließ keine unnötige Bewegung aus. Sie zeigte auf einen dunklen Gang, eine Art Schlauch zwischen zwei Läden. Dort war sie wohl herausgekommen, als sie uns eben getroffen hatte. Für ihre Tochter war das bestimmt nicht neu. Sie wußte doch schon eh und je, daß sich in diesem Gebäude die Gießerei befand: *Fonderie Ancienne du Marais, Victor Lachaut.* So stand es auf dem Emailschild über dem Eingang.

„...Jean war es gar nicht recht, daß er dich nicht gesehen hat", fuhr Madame Jacquier fort. „Jean ist mein zukünftiger Schwiegersohn", vertraute sie mir an. „Monsieur...Monsieur..."

Sie schnalzte ungeduldig mit der Zunge. War zwar nicht eben vornehm, drückte aber ganz gut ihre Stimmung aus.

„...Offensichtlich werde ich Ihren Namen nicht behalten. Obwohl er mir so vertraut vorkommt..."

„Nestor Burma."

Diesmal erreichte das gar nicht erst ihr Ohr. Sie schien zu überlegen. Ernste Miene.

„Oh! Stehen wir doch nicht länger hier rum", rief sie, wie in einer plötzlichen Laune. „Willst du dir das neue Modell nicht ansehen, Odette?"

„Nein", antwortete ihre blonde Tochter leise, verlegen. „Ich bin müde."

Madame Jacquier war bestimmt eine nette Frau, nur exzentrisch und ziemlich verdreht. Ihre Tochter schien sich ein wenig zu schämen, ohne es sich einzugestehen.

„Vielleicht kommen Sie mit, Monsieur Burma?"

„Bravo, Madame."

„Warum ‚Bravo'?"

„Mein Name kam Ihnen soeben spontan über die Lippen."

„Klar... Ich habe das Gefühl, ich kenne nur diesen einen Namen. Komisch, nicht wahr? Vielleicht hat Odette mir doch von Ihnen erzählt, obwohl...das macht sie gewöhnlich nicht..."

Ich sagte nichts dazu.

„...Also, kommen Sie, Monsieur, ich zeige Ihnen meine kleine Fabrik."

War fast ein Befehl.

„Ich geh nach Hause", sagte Odette.

„Gut", pflichtete die Mutter ihr eilig bei. „Sag Maria, sie soll einen kleinen Aperitif vorbereiten. Oder mach es selbst. Die Ärmste ist schon so verkalkt, daß sie das Desinfektionsmittel mit dem Aperitif verwechselt... Sie werden uns doch die Freude machen und ein Gläschen mit uns trinken, Monsieur?"

„Ich möchte nicht stören..."

„Ach, Sie stören doch nicht. Ich hab das Gefühl, ich kenne Sie schon seit einer Ewigkeit."

Nachdenklich sah sie ihrer Tochter hinterher. Als Odette um die Ecke gebogen war, hob Madame noch einmal seufzend die Schultern. Dann redete sie wieder auf mich ein:

„Haben Sie den Gießern schon mal bei der Arbeit zugesehen?"

Die Augen in ihrem „hocherfreuten Gesicht" waren einen Ton dunkler geworden und schienen mich unter die Lupe zu nehmen. Ich meinte auch einen Anflug von Verstimmung in ihnen zu erkennen.

„Nein. Dazu hatte ich bis jetzt noch keine Gelegenheit."

„Sie werden sehen, es ist sehr interessant."

Das bezweifelte ich. Trotzdem folgte ich ihr. Hier im Marais gibt es an jeder Ecke eine Gießerei. So eine Besichtigung gehört wohl zu dem Test, dem sich ein Neuling im Arrondissement unterziehen muß. Ich hoffte nur, Madame Jacquier würde es sich nicht in den Kopf setzen, mir die weiteren Sehenswürdigkeiten des Viertels zu zeigen: historische Stadthäuser, Conservatoire des Arts et Métiers, Staatarchiv, die Tour du Temple – Louis XVII mit seinen legitimen Nachkommen und seinen Kindern der Liebe... A propos Staatsarchiv: Besser, ich zeigte mich Madame Jacquier gegenüber von der liebenswürdigsten Seite, so anstrengend sie auch war. Schließlich wollte ich von ihr Informationen über Maurice Badoux. Aber offen gesagt, ich fragte mich allmählich, ob ich mit ihr nicht meine Zeit vergeudete.

Die Gießerei befand sich hinten im Hof. Schon in dem Gang legte sich einem der Geruch von schmelzendem Kupfer auf die Brust. Durch die offene Tür sah man kräftige Gestalten vor einem hellerleuchteten, glutroten Hintergrund mit blauvioletten und dunkelroten Streifen. Dazu ein ständiges Knistern.

Einer von den drei Gießern hob den Kopf. Als er seine Chefin erkannte, vertiefte er sich wieder in seine Arbeit. Die beiden Kollegen gossen das flussige Metall aus einem Schmelztiegel in einen schrägstehenden Behälter in Formen, die mit großen Flügelschrauben befestigt waren. Der erste Arbeiter lenkte den Metallfluß. Seine Augen wurden von einer dunklen Schweißerbrille gegen die Helligkeit geschützt. Brodelnd, zischend und dampfend drang das teuflische Gebräu in die Gußformen.

Durch die Umgebung wirkten die drei Männer wie Phantasiegestalten. Sie trugen dicke Lederschürzen, Asbesthandschuhe und Stiefel, in die sie ihre Hosen gestopft hatten. In diesem Aufzug hätten sie sich draußen nicht zeigen dürfen. Jeder hätte sie für Marsmenschen gehalten. Aber ihnen war sicher nicht kalt, zumal in einer Ecke neben einem riesigen Kokshaufen der Ofen unter dem Rauchabzug rot glühte. Mir stand schon der Schweiß auf der Stirn, perlte in die Augen, verschleierte mir den Blick oder lief salzig schmeckend in meine Mundwinkel. Allerdings stand ich auch nah am Geschehen. Wo ich doch schon mal hier war, wollte ich mir das auch genauer ansehen. Reisen bildet. Meine Fremdenführerin war vorsichtiger, und sie kannte das ja auch schon. Sie hielt sich in angemessener Entfernung, vielleicht auch wegen ihres Make-up. Bei diesem Gedanken mußte ich lachen.

„Kommen Sie, ich zeig Ihnen den Pinguin", sagte sie und schob mich in einen niedrigen Nebenraum. An der Wand standen Holzkisten, auf denen verzeichnet war, welche Produkte sie enthielten. Brauner Staub lag auf Tischen, Bänken, einem wackligen Stuhl und einem wackligen Hocker. Auf einem Regal, zwischen einer Literflasche Wein und verschiedenen Werkzeugen, stand die Büste von Beethoven. Hinter seiner gewaltigen Stirn fragte er sich wohl, was er hier verloren hatte. Vielleicht dachte der berühmte Komponist aber auch über das Auf und Ab des Lebens nach. Eine Schramme auf seiner majestätischen Nase zeugte von einem Schlag ins Gesicht. Unter dem ganzen Krimskrams schwamm auch die unvermeidliche Möwe auf ihrer starren Welle. Findet man in jedem Kramladen. Den verbrecherischen Künstler wird man wohl nie ermitteln können. Seitdem diese Figur den Leuten als Geschenk angedreht wird, hat sie sich bis auf Kleinigkeiten nicht mehr verändert. Entweder in der Luft oder auf der Welle, so schmückt sie die Salons der Kleinbürger, die Wartezimmer der Zahnärzte oder, bei Leuten mit Geschmack, auch die finstersten Winkel des Dachbodens.

„Das ist der Pinguin", verkündete Madame Jacquier.

Sie reichte mir eine Modellfigur. Ich weiß nicht, ob das Material zerbrechlich war oder nicht. Jedenfalls nahm ich ihr das Meisterwerk vorsichtig ab. Nur nicht kaputtmachen! Wie Madame Jacquier schon gesagt hatte: man konnte es als Lampe nehmen. Auch als Briefbeschwerer. Oder als ausgefallenen Flaschenöffner. Oder als dekorativen Griff an der Klosettspülung. Die Verwendungsmöglichkeiten waren praktisch unbegrenzt.

„Hübsch, nicht wahr?"

„Sehr hübsch", nickte ich.

Ich hatte das Lächeln des Schöpfers vor Augen, wenn man ihm gegenüber die Namen Picasso oder Hans Arp erwähnte. Geringschätzig, überlegen und – bemitleidenswert. Schnell gab ich den Gegenstand – Kunstgegenstand nennt man das wohl – Madame Jacquier zurück. Ich wischte mir den Schweiß ab. Mit einer Bewegung in Richtung Werkstatt fragte ich:

„Und die vervielfältigen das?"

Ohne daß ich es wollte, bekam das Wort „vervielfältigen" einen bedauernden Unterton.

„Noch nicht", sagte sie und stellte den Pinguin wieder an seinen Platz zurück. „Sie haben erst die Gußform hergestellt."

Sie zeigte auf eine Werkbank. Da standen sie, hohl und häßlich.

„Im Moment gießen sie den üblichen Kram."

„Ach ja?"

„Kommen Sie."

Wir gingen wieder zu den Gießern. Sie waren beim nächsten Arbeitsgang angelangt. Schweigend zerschlugen zwei von ihnen mit einem kleinen Hammer die Gußformen. Die gegossenen Gegenstände fielen auf den Boden. Es roch muffig nach warmem Staub. Der dritte Arbeiter schaufelte Kupferstücke aus einem Kübel in einen Schmelztiegel, der auf dem glühenden Herdfeuer stand. Ich sah die verschiedensten Stücke, von Aschenbechern bis Gardinenstangen, Ringen, Fassungen von Birnen usw. Das Herdfeuer wurde von einem elektrischen Ventilator in Gang gehalten. Sein aufdringliches Surren übertönte jedes andere Geräusch.

„Wann fangen Sie mit dem Pinguin an?" schrie Madame Jacquier dem Arbeiter mit der dunklen Brille zu. Der hatte die Brille bis unter den Schirm seiner Mütze geschoben.

„Morgen, M'ame", antwortete er und fuhr fort, die gegossenen Gegenstände aus den Gußformen zu hauen. „Gleich werden die Formen getrocknet."

Er zeigte auf eine Konstruktion aus Ziegelsteinen neben dem brennenden Ofen. Der Schmelztiegel auf dem Koksofen kam in Bewegung. Der Deckel hob sich, und etwas Kupfer floß knisternd in die Lohe.

„Los, Jules!" rief der Arbeiter mit der dunklen Brille, wohl der Vorarbeiter.

Jules packte den Deckel des Schmelztiegels mit einer langen Zange. Dann versuchte er, mit einer Art Riesenlöffel die brodelnde Flüssigkeit abzuschöpfen. Wie bei einem ganz gewöhnlichen Pot-au-feu.

„Ganz schön heiß, was?" sagte ich zu dem Mann. Wollte schließlich nicht unhöflich wirken.

„1700 Grad", antwortete er, schob den Deckel an seinen Platz zurück und legte Koks nach.

„Hübsche Temperatur."

„Kann man wohl sagen, M'sieur. Sollte man nicht die Finger reinstecken."

„Ja, da würden Frostbeulen verdammt schnell heilen."

„Kommen Sie, Monsieur...äh...Burma?" rief mir Madame Jacquier vom anderen Ende der Werkstatt zu.

Zum Dank, daß ich nicht noch einmal meinen Namen sagen mußte, lief ich sofort zu ihr. Wir gingen über rutschigen Sand in einen Nebenraum, der genauso staubig war wie alles andere. Auch hier der beißende Geruch von schmelzendem Kupfer. Auf einem Tisch, weit weg von Abfall und Schlacke, sah ich Riesenmengen von allem, was so hergestellt wird: Medaillons, Schlüsselringe, kunstvoll verzierte Buffetschlösser und Schubladengriffe. Dazu einige Dinge, die vielleicht als Kühlerverschluß dienen konnten oder deren Verwendungszweck nicht genau klar war: ein Fußballspieler in Aktion, ein Indianerkopf, ein Flugzeug, ein Boxer usw.

„Und davon leben wir also, meine Kinder und ich", sagte Madame Jacquier mit großzügiger Geste. „Und davon lebten auch, und zwar sehr gut..." – das betonte sie besonders – „...die Eltern meines ersten Mannes. Von der Herstellung und dem Verkauf dieser ... dieses Schunds. Ist das nicht lächerlich?"

Nein, sie fand das bestimmt nicht lächerlich. Das Wort „Schund" war ihr schwer über die Lippen gekommen. Sie war nur vorsichtig, nicht sicher, ob das denn wohl das Feinste vom Feinen der Kunst war oder nicht. Bis jetzt hatte ich mich vor Bewunderung noch nicht auf dem staubigen Boden gewälzt. Vielleicht hatte ich mir sogar hier und da ein ironisches Lächeln nicht verkneifen können.

„Keine Arbeit ist so dumm, daß damit nicht Geld verdient werden kann", sagte ich.

Dieser tiefsinnige Gedanke beeindruckte sie. Das ging runter wie Butter. Diese Art philosophischer Weisheit kam ihr entgegen. Entsprach dem Niveau der Möwen, der Pinguine und dem anderen Viehzeug, mit dem dieses Viertel hier Geld macht. Ich gefiel ihr, das hatte sie mir gesagt. Hoffentlich hielt sich die Begeisterung in Grenzen! Ein so gewaltiger Gedanke konnte mir nur dazu verhelfen, ein wenig in ihrer Achtung zu steigen, mit der sie mich anscheinend überhäufen wollte. Trotzdem hatte ich so langsam keine Lust mehr, den Kasper zu spielen. Wäre liebend gerne abgehauen. Warum sollte ich mich in die Arbeit anderer Leute vertiefen, wenn ich mit meiner eigenen nicht vorankam?

„Wir müssen gegen eine starke Konkurrenz ankämpfen", seufzte sie. „Sie wissen doch bestimmt, daß diese Parisartikel zum großen Teil in Deutschland hergestellt werden, nicht wahr?"

Ich fürchtete schon, sie würde mir mit der deutschen Gefahr kommen. Aber es blieb bei dieser Feststellung. Sie sah auf die Uhr:

„Ich glaube, wir sollten jetzt zu Odette gehen, finden Sie nicht?"

„Wie Sie meinen."

Sie gab ihren Arbeitern noch letzte Anweisungen. Dann verließen wir diesen überhitzten Ort.

8.
Verdächtigungen aller Art

„Fanden Sie das interessant?" erkundigte sich Madame Jacquier auf der Straße.

„Sehr", log ich.

„Ja, das ist sehr interessant", nickte sie, so als müßte sie es sich selbst einreden.

Wir bogen in die schmale Rue de Thorigny ein. Nach ein paar Schritten waren wir am Ziel.

Ich erschauerte. Das Festprogramm drohte so zu verlaufen, wie ich es vorausgesehen hatte. Ich stand zwischen zwei historischen Häusern. Das eine war das berühmte Salé, wie ich später erfuhr. Hier hatte ein Salzsteuereintreiber gewohnt, der sich wie kein zweiter mit gesalzenen Nebeneinnahmen seine Dienstjahre versüßt hatte. Das Juwel der Architektur aus dem 17. Jahrhundert, das inzwischen unter häßlichen Verschönerungsarbeiten ohne Stil und Geschmack teilweise verschüttet ist, beherbergt heute irgendeine Ecole Technique. In dem Haus genau gegenüber wohnte Madame Jacquier. Vielleicht hatte es damals ein reicher Steuerhinterzieher bauen lassen, um den Steuereintreiber zu ärgern. Auch dieses Haus hatte unter den Jahren und den Menschen gelitten. Die Harmonie des ovalen Vorhofes wurde durch eine Holzbaracke zerstört. So eine klare Linienführung sieht man auch oft bei Kaninchenställen. Wortlos gingen wir über die breiten Pflastersteine. Früher hatte der Hof unter den Hufen von Rassepferden widergehallt. Heute bollerte ein kreischender Knirps mit seinem Roller über das Pflaster.

Madame Jacquier schien mir plötzlich besorgt. Wie ich es schon befürchtet hatte, bekam ich jetzt eine Nachhilfestunde in Geschichte. Aber ich wollte den Fluß der gelehrten Ausführungen nicht durch unqualifizierte Bemerkungen unterbrechen. Wenn ich mich weiterbilden wollte, konnte ich mir ja immer noch ein Fachbuch kaufen. Wir gingen durch eine riesige Glastür in eine Empfangshalle, nicht ganz so weitläufig wie der Square du Temple. Von hier führte eine breite Treppe nach oben. Die ausgetretenen, krummen Stufen wären beinahe gefährlich gewesen, hätte man sich nicht an einem kunstvoll geschnitzten Geländer festhalten können. Ich war aber immer noch vorsichtig mit meinen Äußerungen und bewunderte lieber schweigend das elegante Geländer. Trotzdem hatte ich Angst, den Redefluß meiner Lehrerin zu unterbrechen. Plötzlich blieb Madame auf halber Treppe stehen und legte mir ihre Hand auf den Arm.

„Monsieur Burma“, sagte sie.

„Ja, Madame?“

Ich blieb ebenfalls stehen, die Füße auf zwei Stufen. Sie schüttelte den Kopf und sagte ungewöhnlich ernst:

„Nein, was ich Ihnen da gezeigt habe, ist nicht interessant. Sehr liebenswürdig, daß Sie das Gegenteil behaupten; aber ich weiß, daß es nicht interessant ist. Vielleicht für jemand, der das noch nie gesehen hat. Aber ich hab Sie nicht in meiner Werkstatt herumgeführt, weil ich es für interessant halte.“

„Und warum dann, Madame?“

„Ich wollte Sie beobachten...“

Sie lächelte schwach. Um ihren Mund sammelten sich Falten, fühlten sich wohl und blieben dort, bis das Lächeln verschwand. Vielleicht sind sie heute noch dort.

„Mich beobachten?“

„Ich weiß, ich bin nicht sehr geschickt, aber na ja... Ich wollte Sie besser kennenlernen, weil... ich muß Ihnen etwas sagen, muß Sie etwas fragen... Ich wollte es nicht in Odettes Beisein tun... Ich wußte, daß sie nicht mit in die Werkstatt kam... sie haßt die Werkstatt... Und vor den Arbeitern konnte ich auch nicht darüber reden... Aber jetzt muß es sein...“

Ihre Hand lag immer noch auf meinem Arm. Die Finger krallten sich in den Stoff meines Trenchcoats.

„... Vielleicht irre ich mich auch... Sie sind so offen...“

Sie atmete tief durch:

„... Ich mache mir Sorgen, Monsieur.“

Unter meinem linken Fuß knarrte die Stufe. Ich veränderte

die Stellung und lehnte mich an das geschnitzte Geländer. Madame Jacquier stand höher als ich, machte aber keinen überragenden Eindruck.

„Sorgen?"

„Ja."

Ich lächelte:

„Das trifft sich gut, wenn ich das so sagen darf. Es ist mein Beruf, Sorgen zu verjagen."

„Ach ja? Richtig ... ich ... ja, was sind Sie denn von Beruf?"

„Das sag ich Ihnen später."

„Natürlich", seufzte sie.

Ein Beruf, von dem man besser nicht spricht, mußte sie denken.

Ihre Finger krallten sich fest:

„... Das hab ich befürchtet ..."

Sie lachte:

„... Sie verjagen die Sorgen. Sie spenden Trost. Sie sind also von Beruf Trostspender!"

„Wenn man so will."

„Und Sie trösten Odette?"

„Wie darf ich den Sinn Ihrer Worte deuten?"

Verdammter historischer Rahmen! Jetzt benutzte ich schon am frühen Nachmittag Wendungen aus dem 17. Jahrhundert!

„Ich bitte Sie, machen Sie sich nicht über mich lustig", sagte sie. „Sie verstehen das sehr gut."

„Da bin ich gar nicht so sicher. Wollen Sie damit sagen ... ich schlafe mit ihr?"

Das war nicht so vornehm wie der Satz vorher, aber trotzdem noch besser als „es mit ihr treiben" oder so was Ähnliches.

„Ist das nicht der Fall?"

„Großer Gott, nein!" verteidigte ich mich so heftig, daß es schon beinahe beleidigend war für die schöne blonde Odette. Dabei hätte ich sie, offen gesagt, nicht aus dem Bett geschubst. Aber der Verdacht der Königinmutter haute mich um.

„Wie sind Sie darauf gekommen?"

Sie antwortete nicht. Ich fragte weiter:
„Waren das Ihre Sorgen?"
„Ja."
„Ich versichere Ihnen, sie sind unbegründet."
Resigniert hob sie die Schultern und ließ meinen Arm los.
„Vielleicht mach ich mir etwas spät Sorgen", räumte sie ein. „Schwören Sie mir, daß..."
„Ich schwör's Ihnen."
Sie seufzte, für keine zwei Pfennig überzeugt. Es war zum Totlachen. Ich hätte das dreihundertjährige Holzgeländer runterrutschen können. Meine Stimme klang aufrichtig. Zu Recht. Aber mehr als die Aufrichtigkeit in meiner Stimme hatte ich nicht zu bieten. Offensichtlich genügte das nicht. Aber man konnte doch keinen Arzt kommen lassen, zum Teufel! Eine ärztliche Untersuchung hätte auch keine Klarheit gebracht. Hier war sowieso keiner mehr Jungfrau.
„Was vergangen ist, ist vergangen", fuhr Madame Jacquier wie zu sich selbst fort. „Aber ich muß an die Zukunft denken. Meine Gießerei geht nicht besonders gut. Ich werde Odette praktisch nichts hinterlassen. Sie ist mit einem der reichsten Erben aus dem Marais verlobt. Sohn eines Fabrikanten von Scherzartikeln..."
Sie stieß ein kurzes, heiseres Lachen aus, leiderfüllt.
„...Ist das nicht eine verrückte Geschichte? Na ja, wie Sie schon sagten: Keine Arbeit ist so dumm, daß man damit kein Geld verdienen kann."
Ich nickte zustimmend.
„...Odette soll diese Heirat nicht leichtfertig aufs Spiel setzen. Jean ist von Natur ziemlich eifersüchtig...Als ich sie beide eben zusammen aus dem Taxi steigen sah... Zuerst hab ich mir dabei gar nichts gedacht – ich bin nämlich manchmal etwas gedankenlos – aber...erst so nach und nach ist mir die Gefahr klargeworden..."
Gedankenlos? Sicher. Aber das hinderte sie nicht daran, als Mutter zu denken. Man konnte schlecht mitansehen, wie diese Frau, geschminkt wie für ein Festbankett, wegen der Zukunft ihrer Tochter Gespenster sah. Mit rührender Offen-

heit legte sie mir ihr Herz dar. Ich stürzte mich auf ein Argument, das mir unwiderlegbar schien:

„Gerade das hätte Ihren Verdacht doch zerstreuen müssen. Wenn zwischen Ihrer Tochter und mir etwas wäre, hätte ich sie doch bestimmt nicht begleitet!"

Der Gedanke verfehlte seine Wirkung nicht. Trotzdem hielt sie mir entgegen:

„Sie haben eine Straße weiter anhalten lassen."

„Wegen einer Verkehrsstockung..."

So langsam hatte ich keine Lust mehr, mich zu verteidigen. Ich bin kein Rechtsanwalt.

„Glauben Sie mir, Madame", sagte ich höflich, aber bestimmt. „Mademoiselle Larchaut ist nicht meine Geliebte. Ich hab sie vor ein paar Jahren in Saint-Germain-des-Prés, glaube ich, kennengelernt. Und sogar damals war zwischen uns nichts... (wie wahr!)... Heute hab ich sie rein zufällig ganz in der Nähe meines Büros getroffen."

„Ihres Büros?"

„Ja, ich habe ein Büro, im Zentrum. Wir haben über dieses und jenes geplaudert, und nach dieser zwanglosen Unterhaltung haben wir ein Taxi genommen... Ich wollte nämlich zu Ihnen, Madame."

Sie sah mich groß an:

„Zu mir?"

Ich lächelte:

„Stellen Sie sich vor: Ich wollte Sie auch was fragen. Ohne Sie zu kennen. Aber Odette hat mir erzählt, daß Sie jemand kennen, der einen andern kennt, den ich wiederum besser kennenlernen möchte."

Einen Augenblick lang war sie sprachlos. Dann:

„Das scheint mir alles etwas kompliziert zu sein."

„Das ist ganz einfach. Ich werd's Ihnen in Ihrer Wohnung erklären, wenn Sie gestatten."

„Gut, gehen wir hinauf", sagte sie. Sie merkte wohl auch, daß wir diese Unterhaltung im Treppenhaus nicht ewig fortführen konnten. „Entschuldigen Sie, ich... ich glaub Ihnen, Monsieur. Entschuldigen Sie bitte, daß ich Sie fälschlicherweise verdächtigt habe."

„Das war sehr schmeichelhaft für mich."

Wir setzten unseren Weg nach oben fort.

* * *

Odette wartete in einem riesigen, sehr hohen Salon auf uns. In der unteren Etage befand sich eine Handelsfirma, die sicherlich nicht mit weniger Platz auskommen mußte. Dem Mobiliar in Madame Jacquiers Salon fehlte die nötige Eleganz, um zu den antiken, noch unbeschädigten Holzreliefs zu passen. Sie fielen mir vor allem in den Vertäfelungen über den Türen auf. Auch die Deckengemälde machten einen vornehmen Eindruck, mußten aber dringend restauriert werden. Sie wiesen gefährliche Risse auf, und ich fürchtete die ganze Zeit, daß mir ein sowohl schöner als auch mythologischer Schenkel einer schwebenden Göttin in meinen Aperitif fiel, als zusätzliches Stück Pfirsich.

Um über Ungeduld und Nervosität hinwegzutäuschen, hatte das Mädchen eine Schachtel Zigaretten gequalmt, oder fast. Der Aschenbecher – ein Artikel aus dem Familienbetrieb – quoll von Kippen mit rotem Rand über. Wahrscheinlich hatte sie trotz allem in tausend Ängsten geschwebt, daß ich ihrer Mutter reinen Wein einschenken würde.

Unwillkürlich zählte ich die Gläser, die auf einem Kristalltablett zusammen mit Oliven und Zigaretten die versprochene Flasche einrahmten. Es waren drei. Monsieur Jacquier schien an unserem Gelage nicht teilzunehmen. War mir auch lieber. Mit dem hätte ich gar nichts anfangen können. Meine Gastgeberin mußte die verschlungenen Pfade meiner Gedanken erraten haben:

„Mein Mann befindet sich zur Zeit außer Haus", sagte sie etwas säuerlich. „Setzen Sie sich doch, bitte."

Ich setzte mich bequem in einen Sessel. Odette goß ein.

„Nun", sagte ich, als jeder sich an einem Glas festhielt und schweigend auf irgendetwas zu warten schien, „der Grund, warum ich zu Ihnen wollte, Madame, ist dieser Mann... Samuel Cabirol."

Madame Jacquier stellte ihr Glas hart aufs Tablett zurück. „Von diesem widerlichen Kerl will ich nichts mehr hören", rief sie.

„Ich will auch eigentlich gar nicht über ihn reden", korrigierte ich mich, „sondern über den jungen Mann, der...äh ...der ihn gefunden hat. Wie ich schon sagte, hab ich zufällig von Ihrer Tochter erfahren, daß Sie Cabirol kannten und..."

Sie unterbrach mich:

„Du solltest dir besser überlegen, worüber du redest. Was wollen Sie über den jungen Mann wissen? Offensichtlich ist heute der Tag dafür."

Der eine Satz war für ihre Tochter bestimmt, die Frage für mich, der letzte Satz für sie selbst. Für Gläser, Möbel und Wände blieb nichts übrig.

„Der Tag?" fragte ich.

„Ja. Heute nachmittag waren schon Inspektoren von der Polizei bei mir und wollten mich über ihn ausfragen. Sie wußten auch irgendwoher, daß wir uns gekannt haben. Wenn man das so nennen kann. Er war ein Freund meines Mannes, meines ersten Mannes, Monsieur Larchaut. Besser gesagt, ein Bekannter, ein Kriegskamerad..."

Dieser Scheißkrieg! Gemischtes Publikum, sozusagen. Man schließt Freundschaften mit irgendwelchen Gaunern. Schrecken, die Goya zu malen vergessen hat!

„...Seit dem Tode von Monsieur Larchaut haben wir uns nur selten gesehen... Aber warum zum Teufel interessieren *Sie* sich denn für den Mann?"

„Ich interessiere mich mehr für Maurice Badoux."

„Maurice Badoux?"

„Der Student, der die Leiche entdeckt hat."

„Ach, ja. Verstehe. Aber wieso... Sind Sie auch von der Polizei?"

„Auf privater Ebene."

„Sie meinen...Privatdetektiv?"

„Ja, Madame."

Sie runzelte die Stirn. Dann wurden ihre Augen riesengroß,

so als hätte sie soeben eine Erleuchtung gehabt.

„Ich hab's", rief sie und rutschte auf ihrem Stuhl hin und her. „Nestor Burma, nicht wahr?"

„Ja, so heiß ich", lächelte ich.

Durch das ständige Wiederholen wurde der Name unwirklich.

„Jetzt weiß ich, warum er mir mehr oder weniger bekannt vorkam", freute sie sich weiter. Dann wandte sie sich an ihre Tochter:

„Warum hast du mir nicht gesagt, daß du einen kennst?"

Odette Larchaut schickte eine Rauchwolke zur Decke.

„Weil wir doch gemeint haben, es sei nicht nötig, oder?"

„Was ist nicht nötig?" fragte ich.

„Ich dachte, ich brauchte einen Privatdetektiv", erklärte mir Madame Jacquier. „Deshalb bin ich alle Ihre Kollegen im Pariser Telefonbuch durchgegangen. Zwangsläufig sind mir einige Namen im Gedächtnis geblieben, zum Beispiel Ihrer."

„Und Sie haben die Sache nicht weiter verfolgt?"

„Ich hätte mein Geld zum Fenster rausgeworfen."

„Sollten Sie Ihren Entschluß ändern, Madame, ich stehe Ihnen zur Verfügung."

„Danke."

„Um auf den Wucherer zurückzukommen..."

„Ach ja. Sie wollten wissen..."

Ich erzählte ihr von Maurice Badoux, hatte aber kein Glück. Sie wußte absolut nichts über ihn und seine Beziehungen zu Cabirol. Hatte seinen Namen zum ersten Mal in den Zeitungen gelesen. Also ein Schlag ins Wasser. Aber vielleicht... An einem anderen Ufer ging die Sonne auf. Ich ließ die Unterhaltung dahinplätschern, lenkte dann aber das Thema geschickt auf das Herumsuchen im Telefonbuch.

„Es ging um meinen Mann", entlockte ich Madame Jacquier.

„Um Ihren Mann?"

„Monsieur Jacquier."

„Ach ja. Und?"

Beiläufig antwortete sie:

„Er ist verschwunden."
In diesem Ton gibt man auch Auskunft über die Uhrzeit oder plaudert über einen Wetterumschwung.

* * *

„Er ist verschwunden," wiederholte sie, „wird aber bald wieder zurückkommen. Wenn auch nicht nach Hause, so doch nach Paris. Und dann weiß ich, wo ich ihn finden kann."
„Offensichtlich hat sich Mama im ersten Augenblick verrückt gemacht", warf Odette ein.
„Es ist nie sehr angenehm zu erfahren, daß dein Mann dich betrügt", erwiderte die Mutter. „Auch wenn man sich nicht versteht. Aber daß ich mich verrückt gemacht hab', stimmt nicht. In meinem Alter berührt einen so was kaum noch..."
„Und aufgrund dieser Philosophie haben Sie darauf verzichtet, einen Privatdetektiv zu engagieren?" fragte ich.
„Nein... Ich überlege... Ich brauche einen Vermittler. Ich kann ihm nicht selbst hinterherlaufen. Ich... es müßte jemand sein, der ihm imponiert. Ja... Würden Sie das eventuell übernehmen, Monsieur Burma?"
„Also... eigentlich..."
Ich wollte mich nicht zu gierig auf den hingeworfenen Knochen stürzen. Wie sah das aus?
„... wenn Sie sicher sind, daß er bald zurückkommt..."
„Ganz sicher. Aber darum geht's nicht."
„Scheidung?"
„Nicht so eilig..."
Sie strich sich über die Stirn.
„... Ich bin müde... Diese Polizisten..."
„Waren Sie unfreundlich?"
„Sehr korrekt. Aber Sie können sich doch vorstellen... eine Frau in meiner Position... zugeben zu müssen, mit so einem Subjekt wie Cabirol bekannt gewesen zu sein..."
Zu ergänzen: der die Geschmacklosigkeit so weit trieb, sich

umbringen zu lassen...

„Ich verstehe. War Kommissar Faroux hier?"

„Nur zwei Inspektoren."

Ich fragte sie, was die beiden wissen wollten. War wohl nur die übliche Routinebefragung gewesen, nicht mehr.

Ich kam auf Jacquier zurück, der wieder zu verschwinden drohte. Diesmal aus der Unterhaltung.

„Na ja...äh..." stammelte die verlassene Witwe. „Bitte, Odette, erzähl du Monsieur Burma... Ich hab nicht die Kraft dazu..."

Das junge Mädchen erzählte.

Nicht immer alleine. Ihre Mutter konnte sich nämlich doch nicht völlig zurückhalten. Hin und wieder ergänzte sie etwas oder löste ihre Tochter ganz ab.

Nach vielen Jahren der Witwenschaft hatte Madame Larchaut wieder geheiratet und war Madame Jacquier geworden. Sie fragte sich heute noch, warum. Sehr schnell hatte sie ihren Irrtum eingesehen. Jacquier, jünger als sie, machte schwungvolle Seitensprünge. Letzten November – also vor sechs Monaten – flatterte er um Miss Pearl herum, eine Trapezkünstlerin, die im Cirque d'Hiver gastierte. Mit ihr flog er in den siebten Himmel. Mit Geld. Mit seinem eigenen, um genau zu sein. Madame Jacquier war tief gekränkt. Mit einer Gauklerin durchbrennen! Das war das Letzte. Ich mußte mir langatmige Ausführungen über die fehlende Lebensart gewisser Leute und ihren schlechten Geschmack anhören. Für die bevorstehende Heirat von Odette hätte dieser Seitensprung beinahe unangenehme Folgen gehabt. Schließlich steckte die Romanze damals noch in den Anfängen. Nichts war entschieden. Und ein Vater, da mußte ich doch wohl zustimmen, der mit einer Gauklerin durchbrennt, der kann alles verderben. Vor allem in den Augen einer konservativen Familie. Und die Mareuils – so erfuhr ich den Familiennamen des Schöpfers von ganz reizenden Pinguinmodellen – war äußerst konservativ. Glücklicherweise war Jean Mareuil sehr verliebt in Odette. Und dazu intelligent genug, um das junge Mädchen nicht für das skandalöse Verhalten ihres Stiefvaters verantwortlich zu machen. Schließlich waren sie nicht blutsverwandt. Schön und gut. Schluß des ersten Akts. Zeit für die Wortführerin, Luft zu holen; und für mich, noch einen Aperitif zu trinken, um das alles zu verdauen.

Ungefähr drei Wochen lang hatte Madame Jacquier ihren Kummer in sich hineingefressen. An diesen Abschnitt ihres Lebens erinnerte sie sich nur mit Unbehagen. Zu allem Überfluß kamen zu ihrem familiären Gefühlsärger noch Scherereien mit ihrer Nippesfabrik hinzu. Einer ihrer besten Gießer wurde krank, zeigte alle Anzeichen von Geistesgestörtheit. Als wahrhafte *patronne* der Arbeiter in ihrem Betrieb kümmerte sie sich um den Unglücklichen und seine arme alte Mama. Eine wahrhafte *patronne,* auch für alte Mamas. Diese alte Mama nun half seitdem hier im Haushalt. Wir hatten sie eben im Flur gesehen, wenn ich mich richtig erinnerte. Ja, vielleicht. Das furchtbare Drama damals hatte meine Gastgeberin voll und ganz beansprucht. Das leuchtete mir ein, so als wäre ich dabeigewesen. Was mir aber bei dem ganzen Durcheinander nicht einleuchtete, war die Idee, einen Privatdetektiv einzuschalten. Um es kurz zu machen, die sitzengelassene Ehefrau hatte sich schließlich dazu durchgerungen, die Polizei von dem Abenteuer ihres Herrn und Meisters zu unterrichten. Sie lieferte auch das Motiv der Flucht. konnte aber nur den Namen der Komplizin angeben, nicht die Adresse. Die Akrobatin war nämlich nicht mehr beim Cirque d'Hiver. Engagements in der Provinz und im Ausland warteten auf sie. Vielleicht war sie auch mit einem Wanderzirkus unterwegs. Die Ermittlungen der Polizei hatten natürlich nichts ergeben. Kein Wunder. In der Abteilung für Familienzusammenführung wurden noch nie Wunder vollbracht. Außerdem wird dort täglich zigmal das Verschwinden von irgendwelchen Personen gemeldet. Die Hälfte der Fälle löst sich in Luft auf, und ein gutes Viertel ist viel schwerwiegender als der Fall eines flatterhaften Ehemanns, der mit einer Königin der Luft davonfliegt.

„Und da haben Sie an einen Privatdetektiv gedacht", mischte ich mich ein, um Mutter und Tochter daran zu erinnern, daß es irgendwann einmal solch eine Anwandlung gegeben hatte. Das schienen sie nämlich ganz vergessen zu haben.

„Nein."

Nein? Auch gut. Also ließ ich den Wasserfall weiterrauschen.

Nach einigen Tagen, Wochen, Monaten hatte Madame Jacquier den ungetreuen Ehemann beinahe vergessen – was mich nicht überraschte –, bis daß... eine weitere Person die Bühne betrat: Maître Hippolyte Dianoux, Boulevard des Filles-du-Calvaire. Ich stellte ihn mir sofort vornehm salbungsvoll vor, von vollendeter Höflichkeit. Glatze, steifer Kragen mit abgeknickten Ecken, fleischige Hände wie ein Geistlicher. Der Notar von Monsieur und Madame Larchaut, der Notar der Witwe, der Notar von Madame Jacquier und auch von Monsieur Jacquier. Gehörte zur Familie, war ein Teil von ihr. Letzten März brauchte der Staatsbeamte die Unterschrift des Gatten, übrigens in Madames Interesse. Worum es da ging, verstand ich nicht so genau. Madame Jacquier wußte über die Sache anscheinend auch nicht richtig Bescheid, und ich kenn mich in Rechtssachen sowieso nicht gut aus. War auch nicht so wichtig. Wichtig war nur, daß man die Unterschrift brauchte. Also mußte man den Ausreißer wieder einfangen und ihm einen Füller in die Hand drücken. Deshalb hatte man an die Talente eines Privatdetektivs gedacht. Endlich kamen wir wieder darauf zu sprechen. Ich...

Nein, noch nicht.

„Als erstes hab ich meinem Mann geschrieben", sagte Madame Jacquier. „Über die Adresse dieser Miss Pearl. Hätte mir den grotesken und unwürdigen Schritt sparen können. Der Brief war an die Verwaltung des Cirque d'Hiver adressiert. Ich warte heute noch auf die Antwort."

„Vielleicht wird ihr die Post nicht nachgeschickt", warf ich ein.

„Doch. Sehr gewissenhaft. Hab mich danach erkundigt. Mein Brief ist nach London oder Berlin gegangen, ich weiß es nicht mehr genau. Ob er verlorengegangen ist oder nicht, jedenfalls hab ich keine Antwort erhalten."

Von der Zirkusdirektion erfuhr sie dann, daß Miss Pearl im April wieder nach Paris kommen würde, pünktlich für das neue Programm. Das teilte sie Maître Dianoux mit. Ebenso ihre Absicht, einen Privatdetektiv einzuschalten. Vorher hatte sie schon das Branchenfernsprechbuch gewälzt und eine Liste der möglichen Kopfjäger aufgestellt. Wär 'ne kostspielige Tour de France geworden. Der Notar und Geldverwalter redete seiner Klientin diese Idee aus. So wurde der Plan fallengelassen, bevor er noch richtig ins Auge gefaßt worden war. Das zeugte von Klugheit. Aber wenn diese Klugheit um sich greifen würde, blieb uns Privatdetektiven nichts anderes übrig, als stempeln zu gehen. Inzwischen hatte man keine Eile mehr. (Ich rede jetzt wieder von der Geschichte mit der Unterschrift). Da die Trapezkünstlerin ja sowieso bald wieder in Paris auftauchen würde, gab's zwei Möglichkeiten: entweder Jacquier umkreiste immer noch seine Sonne, wie der Rechtsverdreher sich ausdrückte, dann gab es keine Probleme. Oder aber es war aus zwischen den beiden. Dann würde Miss Pearl bereitwillig darüber Auskunft geben, wo ihr Tourneeliebhaber zu finden war. Jedenfalls würde man sich dann schon irgendetwas einfallen lassen. So brauchte Madame Jacquier nicht blind vorzugehen, und die Kosten hielten sich in Grenzen.

Gegen solche Überlegungen war nichts zu sagen. Also sagte ich auch nichts.

„... Im ersten Fall", fuhr Madame Jacquier fort, „wäre es unvereinbar mit unserer Würde – sowohl meiner als auch der von Maître Dianoux –, meinen Mann bei seinen Zirkusleuten aufzusuchen. Deshalb ..."

„Das kann ich ja übernehmen", bot ich mich an.

„Sehr gut. Im zweiten Fall natürlich ..."

„Das fällt doch erst recht in mein Ressort."

„Sehr gut", wiederholte sie. „Nicht nötig, noch länger zu warten. Betrachten Sie sich als engagiert, Monsieur Burma. Ich ..."

Unvermittelt vertiefte sie sich in eine Knitterfalte ihres Kleides. Sorgfältig strich sie sie glatt.

„...äh...also eigentlich...“
„Ja?“
Sie ließ von der Falte ab.
„Natürlich muß ich erst Maître Dianoux um Rat fragen. Was meinst du, Odette?“
„Ich weiß nicht“, antwortete das Mädchen.
„Ja, doch. Das wäre korrekt.“
Sie ging zum Telefon, das sich auf einem Tischchen langweilte, so eine lange Weile hatte es schon alleine in der Ecke stehen müssen.
„Hallo? Maître Dianoux? Guten Abend. Hier Ernestine...“
Während die Mutter mit dem Notar sprach, rückte die Tochter näher zu mir.
„Noch einen Aperitif, Monsieur?“
„Gerne.“
Sie schenkte mir ein. Dann sagte sie leise:
„Nun, Herr Detektiv? Dann haben Sie ja doch nicht Ihre Zeit vergeudet.“
Sie lächelte.
Ich lächelte zurück:
„Nicht wahr? Das Glück ist mit den Lumpen, wie das Sprichwort sagt.“
Sie wurde rot:
„So meinte ich das nicht.“
„Übrigens stimmt es auch nicht. Sonst wär Cabirol nicht tot.“
„Hören Sie damit bloß auf“, flüsterte sie und klopfte leicht mit dem Fuß.
Plötzlich knallte der Hörer metallisch auf die Gabel Madame Jacquier kam wieder zu uns.
„Was soll das Getuschel?“ fragte sie mißtrauisch.
Ich tischte ihr ein leicht verdauliches Märchen auf.
„Und?“ fragte ich dann. „Maître Dianoux?“
Sie hob ärgerlich die Schultern.
„Er hat mich wie ’ne verrückte Alte behandelt, oder fast so. Wie immer. Er meint, wir müssen nur warten. Eine Sache

von Tagen. Bloß kein Geld ausgeben. Dazu sei immer noch Zeit."

„Ist er dagegen?" wollte Odette wissen.

„Er stellt es mir frei... Unter diesen Umständen werde ich... Ich werde Ihnen einen Scheck geben, Monsieur Burma. In Geldsachen hört die Freundschaft auf..."

Und: Schmiede das Eisen, solange es heiß ist. Einverstanden. Sie wollte nicht in die Gefahr kommen, ihre Meinung noch einmal zu ändern. Also rauschte sie aus dem Salon, wahrscheinlich in Richtung Schreibtisch.

Ich blieb mit Odette alleine.

„Mama macht bestimmt einen seltsamen Eindruck auf Sie", begann das Mädchen nach einem verlegenen Hüsteln.

„Sie ist amüsant", erwiderte ich.

Ich sah das Mädchen an:

„...Machen Sie nicht immer so ein Gesicht. Macht Sie nur häßlich. Ich hab ihr nichts gesagt, wenn Sie das immer noch quält."

„Vielen Dank, Monsieur Burma."

„Behalten Sie Ihren Dank. Ich hab ihr nichts zu sagen. Wollte nur ein paar Informationen über diesen Badoux. Aber ich hab mich wohl in der Tür geirrt. Auch gut...Aber wie Sie schon so richtig sagten: Ich hab meine Zeit trotzdem nicht vergeudet. Jetzt soll ich mich um Ihren Stiefvater kümmern."

„Kennen Sie sich denn mit so was aus?... Ach, wie dumm von mir! Natürlich!"

„Normalerweise sind meine Aufträge schwieriger."

Madame Jacquier kam zurück.

„Hier ist Ihr Scheck", sagte sie. „Ist das genug?"

Ich warf einen Blick auf die Zahl.

„Das ist viel zuviel."

„Was sein muß, muß sein."

„Haben Sie vielen Dank."

Ich faltete das rosa Stück Papier.

„...Ich hoffe für mich, diese Miss Pearl bringt Ihren Mann im Requisitenkoffer mit nach Paris. Dann brauch ich ihn nur noch zu Maître Dianoux schleppen, wenn nötig mit Gewalt.

Im Augenblick benötige ich wohl keine weiteren Informationen. Vielleicht noch ein Foto. Falls ich eingehender nach ihm suchen muß..."

„Ich kann Ihnen sofort eins geben, wenn Sie wollen", rief Madame Jacquier. „An den Fotos hänge ich nicht sehr... so ein Windhund!..."

Sie wirbelte herum und rauschte zu einem kleinen Möbelstück, dessen Gebrauchswert nicht ganz klar war. Kurzes Rascheln in einer Schublade, dann reichte sie mir ein Foto in Postkartenformat.

Ein vierzigjähriger Mann lächelte mir entgegen. Ziemlich hübscher Kerl mit leicht schütterem Haar und etwas dicker Nase. Ich persönlich hätte wegen ihm keine Dummheiten gemacht. Allerdings bin ich auch weder Witwe noch Trapezkünstlerin.

Ich steckte Bild und Scheck in meine Brieftasche. Niemand lud mich zum Essen ein. Also verabschiedete ich mich.

* * *

Meine Concierge war noch aufgeblieben, um mir ein Päckchen zu geben.

„Hat Ihre Sekretärin hiergelassen", sagte sie und sah mich seltsam an.

Die rosa Papiertüte mit der eleganten Aufschrift in Vergißmeinnichtblau: ROSY-ANNE, *Damenunterwäsche, Strümpfe*. Die neugierige Alte hatte sicher den Inhalt untersucht: der verführerische Nylonslip, durch dessen Kauf wir uns nähergekommen waren, Odette und ich. In meiner Wohnung las ich dann noch eine Notiz in Hélènes etwas verschnörkelter Handschrift: „Das haben Sie vergessen. Können Sie vielleicht noch gebrauchen. Ein Vorwand, sie wiederzusehen." Das Mädchen hatte wohl zuviel Zeit und zuviel Geld. Einen Umweg in Kauf zu nehmen, nur um sich über mich lustig zu machen!

Das Telefon unterbrach mein Geschimpfe. Ich nahm den Hörer ab.

„Hallo?" Hélènes Stimme.

„Büro für erotische Fundsachen", antwortete ich.

„Haben Sie's bekommen?" lachte sie.

„Hab's in der Hand, ist noch ganz warm. Rufen Sie mich deshalb an?"

Sie wurde ernst.

„Nein, wegen Zavatter. Sie hatten recht, mit dem Geld."

„Aha. Hat wohl keine Lust mehr, sich umsonst abzurakkern, hm?"

„Das hat er nicht offen zugegeben, aber so ungefähr. Er muß dringend verreisen..."

„Ans Sterbebett einer alten Tante?"

„Ja."

„So ein Blödmann! Ich hab gerade Geld gekriegt. Aber davon sieht der keinen Sou. Also, er beschattet diesen Badoux nicht mehr?"

„Er behauptet, er könnte genausogut 'ne Giraffe kämmen. Badoux war den ganzen Nachmittag im Staatsarchiv. Und ist dann ganz ruhig nach Hause gegangen."

„Unsre treulose Tomate kann noch von Glück sagen, daß er überhaupt Feierabend hat! Gut. Werd mich selbst darum kümmern müssen. Sonst noch was?"

„Nein."

„Na schön. Gute Nacht, meine Liebe."

„Nicht soviel Liebe", kicherte sie.

„Und etwas mehr Glück im Spiel", stimmte ich ihr lachend zu.

„Genau."

Ich legte auf.

Im Pyjama, die Pfeife im Mund, zog ich Bilanz.

Fünfzig Mille und fünfzig Riesen machen zusammen ...hunderttausend Lappen. Die ersten Fünfzigtausend stammten von dem noch warmen Körper Cabirols. Die zweiten standen auf dem Scheck von Madame Ernestine Jacquier.

Fünfzigtausend Francs! War ganz schön viel, nur um eine Botschaft zu überbringen. Da war noch was anderes. Und zwar glaubte Madame Jacquier immer noch, daß ich mit ihrer Tochter schlief und nur in die Rue de Thorigny gekommen war, um über einen Abbruch der Beziehung zu verhandeln. Sie wollte mich kaufen. Nicht teuer, aber...na ja, für den Anfang ganz nett.

Großartig! Ich hatte das Geld bitter nötig. Also konnte ich nicht empfindlich sein und empört reagieren. Glaubte sie etwa, ich sei zu kaufen? Stimmt. Ich war zu kaufen. Nestor macht nie Schwierigkeiten. Nur her mit dem Geld! Ich kann mir auch Nylonwäsche kaufen, Hemden, Unterhosen ... Wenn ich dem Preisschild glauben konnte, war solch ein Firlefanz nicht gerade spottbillig: 5415 Francs! Nicht möglich! Ach ja, der Preis lag weiter unten. Auf dem Schild und im Betrag. Genau zweitausend Francs. War auch schon teuer genug. 5-4 war das Datum: 5. April. Und 15 war die Nummer der Verkäuferin. Wie ein Punkt beim Tennis.

Einen Augenblick noch knüllte ich den Slip in meiner Hand. Dann stopfte ich ihn wieder zurück in die Tüte, die Tüte in eine Schublade und mich ins Bett. Ich war müde und schlechtgelaunt.

9.
Isabella von Bayern

Mein erster Gedanke am nächsten Morgen galt Maurice Badoux. Jetzt war ich für ihn zuständig. Ich machte mich also auf ins Marais. Die Vorsehung hatte genau gegenüber der Wohnung des merkwürdigen Studenten ein Bistro hingesetzt. Ich ging hinein und wartete. Bis zum Mittag tat sich nichts. Dann kam Badoux. Er ging zum Essen in ein bescheidenes Restaurant in die Rue de Bretagne. Behutsam respektvoll trug er eine Ledertasche. Er schien in Gedanken vertieft, ganz Absolvent der Ecole polytechnique, aber keineswegs beunruhigt. Als er die Eßkneipe verließ, hatte er mich immer noch am Hals. In der Rue des Archives wurde ich rot. Unwillkürlich sah ich mich um. Stand Zavatter irgendwo und lachte sich über mich tot? Vielleicht hatte er ja recht, daß er an meinem guten Riecher zweifelte. Sah ganz so aus, als wäre ich hier auf dem Holzweg. Wie vorauszusehen war, ging Badoux ins Staatsarchiv. Offensichtlich war er dort Stammkunde. Von der Straße aus sah ich ihm nach. Er überquerte den riesigen Hof und verschwand dann in dem hinteren Trakt, der Studienzwecken diente.

Fluchend, die Pfeife schräg im Mund, verdrückte ich mich. Ich hatte die Nase voll.

Eine Stunde brauchte ich, um meine Gelassenheit wiederzugewinnen. Dann rief ich aus einer Telefonzelle Hélène an:

„Was hat Zavatter genau gesagt über den Mann, den er beschattet hat? Daß der den ganzen Tag im Staatsarchiv war?"

„Den Nachmittag."

„Den ganzen?"

„Ja."

„Danke."

War nur zu hoffen, daß er das heute genauso machte.

* * *

Das Schloß von Badoux' Tür verdiente kaum diese Bezeichnung. Genauso schlicht wie ein Durchschnittsbürger, genau so leicht zu durchschauen. Es gab schon fast nach, als ich mit meinem Pfeifenreiniger-Dosenöffner winkte. Etwas mehr Widerstand wäre mir eigentlich lieber gewesen. Offenbar fürchtete Badoux weder Einbrecher noch Neugierige. Solche unverdorbenen Seelen sind normalerweise nicht meine Welt.

Das Zimmer sah immer noch so aus wie bei meinem ersten Besuch. Sauber, spartanisch, derselbe abgetretene Teppich, Kleidung über der Stuhllehne.

Durch das offene Fenster kam der Frühlingstag ins Zimmer. Der erste Tag, der diesen Namen seit Frühlingsanfang verdiente. Ein leichter, sanfter Wind trug Straßenlärm herauf.

Ich machte mich an die Arbeit.

Ohne genau zu wissen, was ich suchte, wühlte ich in den Kleidern und fand einen Brief aus Nantes vom 5. Januar.

«Es war der erste Slip, bei dem mich …

... der Preis interessierte. Was nicht gegen den Slip spricht. Vielmehr zeugte es vom augenblicklich verstärkten Interesse am Baren. Hinzu kam, daß man gerade in meinem Job die beruhigende Wirkung von ein paar großen Scheinen bitter nötig hat.»

„*Mein lieber Neffe...*" Die Tante sorgte sich um die Zukunft des jungen Mannes. Sie tadelte ihn, weil er sich mit seinem Vater überworfen hatte. Und den Vater tadelte sie, weil er seinen Sohn für einen Versager hielt. Sie hoffte, daß er damit Unrecht hatte. Der Neffe hatte den Brief beantwortet und die Kopie davon aufbewahrt, ordnungsliebend, wie er als ständiger Besucher des Staatsarchivs war. Es sei denn, ich hielt den Originalbrief in der Hand, den er nach gründlicher Überlegung doch nicht abgeschickt hatte. Im wesentlichen versicherte er, nicht der Taugenichts zu sein, wie *urbi et orbi* verkündet wurde, und sich sehr gut alleine zurechtfinden zu können, ganz ohne Hilfe. (Bis auf den monatlichen Wechsel natürlich!) Zum Schluß ließ er mehr oder weniger deutlich durchblicken, daß eine Geldanweisung willkommen sei.

Ich legte den Briefwechsel wieder an seinen Platz. Als nächstes untersuchte ich die kleine Bibliothek. Nichts Lustiges. *Kathedralen in Frankreich, Schätze aus Stein, Paris, wie es früher war* usw. Eins der Bücher war ganz zerfleddert. Zwei oder drei Seiten waren rausgerissen. Die Bilder hingen jetzt hinter Glas über dem Bett.

Maurice war ein Bücherwurm und ein poetischer Steinbeißer. Er lebte zwischen alten Mauern und verschlang Bücher über alte Mauern, um im Bild zu bleiben. Das hatte mir sein Vater schon so ungefähr zu verstehen gegeben. Nichts Neues also. Nicht das kleinste Licht fiel auf seine Beziehungen zu dem verstorbenen Cabirol.

Jetzt tauchte ich in den Haufen Papier ein, der den Schreibtisch bedeckte. Resultat: Negativ.

Mehr Glück hatte ich mit dem Aktenordner aus Pappleinen. Die vielen vergilbten Schriftstücke wurden zusätzlich durch einen Riemen zusammengehalten. Ich fand eine Reihe Dokumente in lateinischer Sprache, die ich gar nicht erst übersetzen wollte. Ich hätte wieder zur Schule gehen müssen, und dazu blieb mir keine Zeit. Außerdem wurde in den Schulen, die ich besucht hatte, kein Latein unterrichtet. Einige Papiere waren an den Rändern angesengt, so als hätten sie einen Brand überstanden. Andere schienen durchgeweicht gewesen zu sein, gewellt und furchtbar muffig. Ich sah auch gotische Schriftzeichen und, hier und da, einen altfranzösischen Satz.

Aus einem Briefumschlag zog ich eine ganze Sammlung von Zeitungsausschnitten sowie Seiten aus zwei verschiedenen Büchern, nach den unterschiedlichen Drucktypen zu urteilen. Eins dieser beiden Bücher handelte von der Herrschaft Isabeaus von Bayern, das andere von Nicolas Flamel. In den Zeitungsartikeln war von verschiedenen, wenn auch ziemlich ähnlichen Dingen die Rede: In der Rue Mouffetard war in einem baufälligen Haus bei den Abbrucharbeiten eine Truhe mit Dukaten und Dublonen entdeckt worden. Der Fund hatte damals vor dem Krieg viel Aufsehen erregt und noch nach der Okkupation die Gerichte beschäftigt; in der Abtei von Saint-Wandrille hatten Pfadfinder den Pfad zu so was Ähnlichem gefunden (was nicht so lange her war); schließlich noch ein dritter Fund, diesmal hier im Viertel, in der Rue Vaucanson. Wieder der gleiche Krempel. Ein Plan und hingekritzelte Notizen im Telegrammstil gaben mir endgültig Aufschluß über die einigermaßen bescheuerten Interessen von Maurice Badoux.

Er suchte einen Schatz! Den der Königin oder den des selbsternannten Schriftstellers und Alchimisten. Vielleicht auch beide. Es kostete dasselbe. Entweder er buddelte auf eigene Rechnung oder...oder für Cabirol. Im zweiten Fall war es angebracht, meine Vermutung zu überprüfen. Vielleicht war das Ganze gar nicht so bescheuert, wie es aussah. Cabirol konnte man alles anhängen, außer daß er ein Spinner gewesen war. Und die alten Dokumente, über denen sich Maurice Badoux den schweren Kopf mit der breiten Gelehrtenstirn zerbrochen hatte – und noch zerbrach... Na ja! Hätte mich nicht übermäßig erstaunt, wenn sie aus dem Staatsarchiv geklaut waren! Und zwar von Badoux höchstpersönlich, dem Liebhaber von alten Mauern und allem, was damit zu tun hat.

Warum nicht?

* * *

Von der nächstbesten Telefonzelle rief ich Badoux senior an. Seine Sekretärin teilte mir mit, er sei gerade in einer Konferenz. Sie gebe wohl die Nachricht weiter, falls ich eine hätte.

„Ich versuch's später noch mal“, sagte ich.

„Aber nicht vor achtzehn Uhr, bitte. Wie war noch der Name?“

„Nestor Burma.“

Mir blieb nichts übrig, als alles so weiterlaufen zu lassen. Niemand würde mir davonfliegen. Jetzt wollte ich an meine Zerstreuung denken und Zirkusluft schnuppern, wie die Kinder.

Ohne groß zu fragen, schlich ich mich in den Zirkus ein. In einem Büro spürte ich dann einen jungen Burschen auf, der sich krampfhaft bemühte, einen gelangweilten Eindruck zu machen. Zu Tode, mindestens. Das Büro war mit Plakaten tapeziert und roch nach Sägemehl, wenn man nur eifrig genug schnüffelte.

„Was gibt's?“ fragte der zu Tode Gelangweilte, um dann sofort zu gähnen. Seit meinem letzten Besuch im Raubtiergehege des Zoos hatte ich keinen so schönen Rachen bewundern können.

„Dalor“, stellte ich mich vor. „Journalist beim *Crépu.* Können Sie mir was über das nächste Programm erzählen?“

„Vielleicht sehn Sie mal auf das Plakat.“

Mit dem Daumen zeigte er über seine Schulter. Jede Bewegung brachte ihn um.

„Schreiben Sie sich die Namen raus“, schlug er vor. „Die Adjektive können Sie sich selbst ausdenken. So machen das alle.“

Herzhaftes Gähnen.

Ich las das Plakat. *Freitag, 14. April – Sensationelle Premiere.* Das war in einer Woche. Ich hatte mir meinen kleinen Auftrag rechtzeitig geangelt. Auf verstreuten Sternen verschiedener Größe glänzten Namen in schreienden Farben. Auch der meines alten Freundes Michel Seldow, des zauberhaften Zauberkünstlers. Dann der Star aus Amerika: MISS PEARL, *die Königin auf dem fliegenden Trapez, and partner.*

„Die hat doch hier schon im November Schönwetter gemacht, oder?"

„Genau", nickte der gelangweilte Langweiler.

„Sie hätten nicht vielleicht ein Foto?"

Nach etwa einem Dutzend Fehlversuchen öffnete er die richtige Schublade. Kannte sich anscheinend nicht gut aus. Dann legte er einen ganzen Packen Fotos auf den Schreibtisch. Immer gähnend. Traf nicht mal eine Auswahl. Diese Mühe überließ er mir. Ich fand schnell, was ich suchte: das Foto eines bezaubernden Mädchens, platinblond. Zum Anbeißen. Das tiefe Dekolleté war noch tiefer, weil sie sich ein wenig vorbeugte, damit dem Betrachter nichts von der Aussicht entging. Dabei trug sie nicht mal ihre Berufskleidung. Miss Pearl wollte eben ständig Schwindel erregen. Ein schönes Beispiel von permanentem Pflichtbewußtsein, auch außer Dienst. Als Kenner wußte ich das zu schätzen.

„A propos Fotos", sagte ich, steckte das der Künstlerin ein und zeigte dem Jungen dafür Jacquiers Foto. „Dieser Mann soll..."

Ich zwinkerte ihm zu.

„... Wir von der Presse sind neugierig und indiskret."

Er gähnte:

„Wer ist das?"

„Einer, der sich selbst verschwinden läßt."

„Kenn ich nicht."

„Flattert immer drum herum, wird erzählt."

„Worum?"

„Um Miss Pearl."

„Ach! Der ist das?"

„Haben Sie was von dem gehört?"

„Zirkusluft aus der Gerüchteküche. Hab's nicht glauben wollen."

„Warum nicht?"

„Wegen Mario."

„Mario?"

„... *and partner...*"

Er zeigte auf das Plakat hinter seinem Rücken.

„...Irgendeiner muß sie ja auffangen, wenn sie durch die Luft fliegt, zwanzig Meter über der Manege."

„Hm... Dann ist sie sicher nicht an einem Streit mit dem Partner interessiert?"

„Kann man nicht grade sagen."

„Verheiratet, die beiden?"

„Glaub nicht."

„Aber schlafen zusammen?"

„Sieht so aus."

„Eifersüchtig?"

„An seiner Stelle wär ich's."

„Vielleicht ist er's ja nicht. Das Publikum geht vor, wenn Sie verstehen, was ich damit meine."

„Versteh ich."

„Anscheinend mit ihr durchgebrannt."

„Wer?"

„Jacquier."

„Jacquier?"

„Der auf dem Foto hier."

„Mit wem durchgebrannt?"

„Miss Pearl."

„Hab sie nicht zum Bahnhof gebracht..."

Er gähnte wieder.

„...Jedenfalls ist alles in Butter. Die Truppe tritt vollständig wieder an... Vielleicht ist Mario tatsächlich nicht eifersüchtig. Und wenn der Kerl da Moos hatte..."

„Hat Mario dafür 'ne Antenne?"

„Jeder hat dafür 'ne Antenne. Mario besonders. Die erste Woche wird er hier umsonst arbeiten müssen, sozusagen."

„Schulden?"

„Haben Sie keine?"

„Malen Sie den Teufel nicht an die Wand."

„Das klingt aber komisch. Hören Sie mal..."

Er schien wachzuwerden. Nur die Langeweile auf seinem Gesicht wurde noch tödlicher.

„...Sie verdienen Ihr Geld damit, Klatsch und Tratsch plattzuwalzen..."

Jetzt hatte er tatsächlich Grund für die stinkende Langeweile.

„Beruhigen Sie sich", sagte ich. „Ich hör mich so um, weil ... wenn ein Journalist nicht informiert ist, wer dann, hm? Tu ich aber nur für mein Privatvergnügen. Hab nicht für zwei Pfennig Lust, irgendwas darüber zu schreiben. Liebe und Haß bei Trapezkünstlern. Erstens zu melodramatisch, zweitens zu abgelutscht. Ich such was Originelles."

„Jedenfalls ... wenn Sie doch was darüber schreiben sollten, erzählen Sie nicht, woher Sie's haben ..."

Er vertiefte sich in das Bild eines Clowns mit hochgezogenen Augenbrauen. Dann:

„Verstehen Sie? Ich bin hier, um die Zeit totzuschlagen. Sie kreuzen hier auf. Ich stürz mich auf die Gelegenheit und schlag schon mal 'ne Viertelstunde tot. Ich quatsch was aus, was ich eigentlich nicht darf. Das hier ist nicht mein Büro. Ich bin auch nicht der Pressesprecher. Ich sitz nur hier rum und paß aufs Telefon auf und vertröste die Besucher, bis der wiederkommt, der sonst hier sitzt. Aber ich hab mich so gelangweilt!"

Vertrauen gegen Vertrauen. Eigentlich hätte ich ihm jetzt sagen müssen, daß ich auch kein Journalist bin. Tat ich aber nicht. Ich finde, zwei Menschen, die was anderes sind, als sie vorgeben, können sich nur belügen. Ein richtiger Zirkus eben!

* * *

An diesem Tag blieb Maurice Badoux nicht bis zum Schluß im Staatsarchiv.

Nach meinem Besuch bei der Schlafmütze im Zirkus war ich wieder in die Rue Francs-Bourgeois gegangen. Er verließ gerade das Clisson, ging aber nicht sofort nach Hause, sondern in Richtung Seine. Der Programmwechsel war ganz in meinem Sinne. Ich folgte Badoux.

Er führte mich zum Basar am Hôtel de Ville. Nicht auf direktem Weg. Bevor er zu dem Basar kam, ging er in einige

Bistros. Mußte wohl irgendetwas begießen. Im Basar dann folgte ich ihm ins Tiefparterre. Gartengeräte, Heimwerkerbedarf. Mein Student kaufte sich verschiedene Werkzeuge, darunter eine Art zerlegbare Hacke.

Erst hatte er eine Leiche entdeckt; wollte er jetzt eine verbuddeln? Wahrscheinlicher war es, daß die alten Dokumente ihn zu einer Stelle geführt hatten, wo der „Schatz“ vergraben war. Und jetzt wollte er sich an die Ausgrabung machen. Eine andere Erklärung fiel mir im Moment nicht ein. Der Student mit der Denkerstirn mußte schließlich sehr wohl wissen, was er tat. Und vielleicht existierte dieser Schatz tatsächlich... In der Rue Mouffetard, in Saint-Wandrille und woanders hatte man doch auch was gefunden, oder?

* * *

Den Vater rief ich nicht noch einmal an. Dafür bezog ich vor der Wohnung des Sohnes Stellung. Lange nach Mitternacht kam er endlich heraus, in der Hand seinen ständigen Begleiter, die Ledertasche.

In diesem geschichtsträchtigen Viertel beschwört jeder Schritt Erinnerungen herauf. Dazu verlieh die nächtliche Stille den leeren Straßen, durch die ein leichter Wind wehte, eine eigentümliche Feierlichkeit. Mir war so, als wandelte ich in einer vergangenen Epoche.

Die menschenleeren Straßen erleichterten nicht gerade meine sehr neuzeitliche Arbeit. So wenig, daß mein Student mich tatsächlich abhängte. Geschickte Umwege in einem Labyrinth von kleinen Gäßchen, die er offenbar wie seine Westentasche kannte, und er war weg. Entweder hatte der mißtrauische Kerl gemerkt, daß er verfolgt wurde, oder aber er hatte das Glück des Schwachsinnigen.

Und wenn schon! Bei meiner Hausdurchsuchung hatte ich durch seine Dokumente und Notizen genug erfahren. So ungefähr konnte ich mir denken, wohin er ging. Isabeau von Bayern! Die Frau vergißt man nicht so leicht. Ich konnte mir den Luxus gestatten, Maurice Badoux eine Riesenüberraschung zu bereiten. Und mir ein Stück von dem Kuchen abzuschneiden, falls es einen Kuchen gab.

Wie sagte noch Alexandre Dumas? Auf zur Tour Barbette! Oder so ähnlich.

* * *

Ecke Rue Vieille-du-Temple stand der Turm Wache. Seine schlanke Gestalt hob sich gegen den sternklaren Frühlingshimmel ab.

Ein neues graues Dach schützte die Ruine, die vielleicht restauriert werden sollte. Hier und da unterbrachen Schießscharten im Erdgeschoß das grobe Mauerwerk. Ein Kinoplakat löste sich von der Mauer. Der Wind ließ den straffen Busen der darauf abgebildeten Schauspielerin wogen. Außer diesem hintergründigen Atmen war kein Geräusch zu hören. Das Viertel lag in völliger Stille. Sogar die Gespenster bewegten sich lautlos. Kein Kettenrasseln verbreitete Angst und Schrecken. Die Fenster der ersten Etage mit den verzierten Einfassungen waren zugemauert. Darüber gähnten schwarze Löcher.

Ich ging zu der niedrigen Tür, der einzigen, durch die man ins Innere des düsteren Gebäudes gelangte. Lauschte. Stille. Wenn Maurice Badoux da drinnen Erdarbeiten verrichtete, dann ging er mit der erstaunlichen Lautlosigkeit eines Maulwurfs vor.

Irgendwo in der Nähe schlug eine Kirchturmuhr. Das dumpfe Echo folgte. Im Gegensatz dazu wirkte die Stille danach noch tiefer. Plötzlich hallten eisenbeschlagene Absätze auf dem Asphalt wider. Das war aber kein Lakai von Jean-sans-Peur; auch keiner von diesen Nachtwächtern, den Zeitansagern der damaligen Epoche, die die Schlafenden weckten, um ihnen mitzuteilen, sie könnten unbesorgt weiterschlafen. Dies hier war ganz einfach nur ein Betrunkener des 20. Jahrhunderts. Er ging auf der anderen Straßenseite vorbei, ohne mich zu sehen, und entfernte sich schwankend in die Rue des Hospitalières-Saint-Gervais.

Die niedrige Tür war mit einem Vorhängeschloß versehen. Ich überprüfte dessen Haltbarkeit und hatte es sozusagen sofort in der Hand. Ohne Zögern stieß ich die Tür auf. Der verhaltene Klagelaut war kaum zu hören.

Ich zog die Tür hinter mir zu. Einen Augenblick lang blieb ich auf einem Fleck stehen und horchte in die Dunkelheit, an die sich meine Augen nach und nach gewöhnten. Die Straßenbeleuchtung drang durch die oberen Fenster und verbreitete ein diffuses Licht. Also konnte es mit den Decken zwischen den Etagen nicht weit her sein.

Ich riß ein Streichholz an. Dann noch eins und noch eins. Fast eine ganze Schachtel ging dabei drauf. So langsam gewann ich eine Vorstellung von den Örtlichkeiten hier.

Der Wille, den kleinen Palast von Königin Isabeau zu renovieren, hatte sich auf ein neues Dach beschränkt. Danach hatte man die Arbeiten abgebrochen; wahrscheinlich beanspruchten sie zuviel Zeit. Bauschutt bedeckte den Boden oder, besser gesagt, was von ihm übriggeblieben war. Mit den vielen Löchern sah er aus wie ein Schweizer Käse. Zehn Zentimeter vor meinen Füßen führte eine schmale, steile Treppe in den Keller. Einfach so, ohne Warnung. Ein heimtückisches Verlies. Wie im Mittelalter. Ein Glück, daß ich mir nicht gleich beim Hereinkommen den Hals gebrochen hatte. In einer Ecke stand eine wacklige Leiter, über die man zu den Überresten der oberen Etagen gelangen konnte. Zu den Füßen der Leiter lag eine Zeitung. Ich ging hin. Bei jedem Schritt drohte ich hinzufallen oder in ein Loch zu plumpsen. Ich hob die Zeitung auf: eine neuere Ausgabe des *Crépuscule*, aufgeschlagen auf der Seite „Verschiedenes" und so gefaltet, daß mir der Artikel über Cabirols Tod sofort ins Auge sprang.

Darauf war ich nicht gefaßt gewesen. Ganz was Neues!

Über mir verschwand die Leiter in der gähnenden schwarzen Öffnung einer Falltür. Ein Stück der Klappe hing aus dem Loch heraus. Das wollte ich mir doch mal näher ansehen. Ich kletterte also hoch. Die kleine Kammer diente als Schlafzimmer. Kein Himmelbett, kein Edelfräulein mit Schlafhaube. Nein. Nur ein ärmliches Lager aus Zeitungen und Decken.

Niemand darauf. In einer Ecke ein paar Konservendosen, leere und volle. Dazu noch weitere Zeitungen.

Ich hörte auf, Streichhölzer anzureißen. Erstens brauchte ich noch welche, um heil wieder zum Ausgang zu kommen. Zweitens kann man wunderbar ohne Licht nachdenken.

Diesen Luxus (ich spreche jetzt vom Nachdenken) gestattete ich mir nicht lange. Kaum war es wieder dunkel um mich herum, meinte ich, unten ein gelbliches Licht zu sehen. Nicht im Erdgeschoß, noch weiter unten. Im tiefen Keller.

„Heda!“ rief ich. „Ist da jemand?“

Keine Antwort. Das Licht bewegte sich nicht.

Auf die Gefahr hin, abzustürzen und alles mit mir in die Tiefe zu reißen, beugte ich mich vor. Sah aus wie eine große Stablampe. Lag auf einem aufgebuddelten Stück Boden und beleuchtete irgendetwas. Ich stieg hinunter, um nachzusehen. Es war tatsächlich eine sehr starke Stablampe, die aber immer schwächer wurde. Das robuste Modell war durch den Aufprall nicht kaputtgegangen. Was man von seinem Besitzer nicht sagen konnte. Die Lampe beleuchtete nämlich einen Schuh, und in dem Schuh steckte ein Fuß. Ich nahm die Lampe in die Hand und ließ den Lichtstrahl über den ausgestreckten Körper gleiten. Da ich weder vor noch in der Ruine was gehört hatte, hatte ich mich für keine zwei Pfennig mehr um Maurice Badoux gekümmert.

Jetzt war er keinen roten Heller mehr wert.

10.
Badoux schafft Platz

Mit ihren Galgenvogelgesichtern sahen sie aus wie Scharfrichter. Um das Bild abzurunden, kaute einer von den beiden auf einer Zigarette, der andere roch nach billigem Fusel. Aber sie kamen nicht im fahlen Morgengrauen, um mich abzuholen, sondern kurz nach Mittag – genau als Hélène und ich die Agentur für eineinhalb Tage dichtmachen wollten. Ohne Umschweife forderten sie mich auf, ihnen zu folgen, und brachten mich zum Quai des Orfèvres, zu Florimond Faroux. Unterwegs fiel kein weiteres Wort.

Auch der Kommissar war nicht gesprächiger. Es war Samstag. Vielleicht dachte er mit Bitterkeit an alle diejenigen, die in den Genuß der Fünftagewoche kamen. Keine Antwort auf meinen Gruß. Nur ein ausdrucksloser Blick. Als er sich endlich entschließen konnte, den Mund aufzumachen, kam nur der Vorwurf:

„Da sitzen Sie ja wieder schön in der Tinte, Nestor Burma."

Er sprach ruhig, ohne Wut oder Haß, schon eher leidgeplagt.

Ich gähnte. Nicht daß die Schlafmütze im Cirque d'Hiver mich angesteckt hätte. Auf dem Nachhauseweg gestern abend hatte ich nur das heftige Verlangen verspürt, mich vollaufen zu lassen, so ganz für mich alleine. Und heute hatte ich den entsprechend dicken Kopf.

„In welcher Tinte?" fragte ich.

„Maurice Badoux. Der Junge, der Cabirols Leiche gefunden hat. Lesen Sie Zeitung?"

„Jawohl, durch sie hab ich erfahren, daß der jetzt auch verstorben ist. Und dazu noch an einem seltsamen Ort. Aber ich versteh nicht..."

„Sie haben sich für ihn interessiert", unterbrach mich Faroux.

„Ich versteh nicht..." setzte ich zum zweiten Mal an.

Der Kommissar trommelte mit den Fingern auf seiner Schreibunterlage.

„Antworten Sie auf meine Frage. Haben Sie sich für ihn interessiert? Ja oder nein?"

„Ja, ja, schon gut. Ja, hab ich. Woher wissen Sie das?"

„Von seinem Alten. Scheint so, daß ein Mann namens Nestor Burma, Privatdetektiv, ihn mehrere Male wegen seines Sohnes angerufen hat. Erst gestern noch."

Ich lächelte.

„Sie können mich nicht anklagen, weil ich meinen Namen nenne."

„Ich klage Sie wegen nichts an. Warum haben Sie sich für ihn interessiert?"

„Nennen Sie's Intuition."

„Ich mag Ihre Intuitionen nicht. Der Alte sagte, er habe den Eindruck gehabt, daß Sie Geld aus einer Sache rausschlagen wollten, in die sein Sohn verwickelt war."

„Nur so eine Idee. Irgend so eine, ohne so eine zu sein. Hab 'ne Einnahmequelle gesucht."

„Ach nee! Erpressung?"

„Nein. Meine Absichten waren sauber. Ich dachte: Maurice Badoux hatte mit Cabirol zu tun; der war kein Heiliger; sollte Badoux in irgendein krummes Ding verwickelt sein, wird der Vater mich vielleicht damit beauftragen, Licht in die Sache zu bringen und seinem Ableger größere Unannehmlichkeiten zu ersparen. Ist aber nichts draus geworden."

„Warum haben Sie angenommen, daß Badoux in eine Sache mit Cabirol verwickelt war?"

„Es erschien mir seltsam, daß ein Fabrikantensohn sich bei einem Pfandleiher Geld holt."

„Das ist doch Quatsch. Man kann Fabrikantensohn sein und blank wie'n neuer Sou. Badoux hatte sich mit seinem Vater zerstritten."

„Wußte ich damals noch nicht. Vielleicht war das ja Quatsch. Aber was danach kam, war schließlich kein Quatsch."

„Erzählen Sie", sagte Faroux seufzend.

„Ich hab mich als Journalist bei Maurice Badoux eingeschlichen. Hab mich davon überzeugt, daß er zwar nicht gerade reich, aber auch nicht so abgebrannt ist, um zum Beispiel seine Uhr verpfänden zu müssen. Das Telefongespräch hinterher mit seinem Vater hat mich in meiner Meinung bestärkt. Monatliche Zahlungen, verstehen Sie? Der Alte hat mir auch noch was anderes verraten: sein Sohn war ein Versager, zu nichts nütze. Hat's mehrmals wiederholt, so als hätte er Spaß dran. Aber ich hab gespürt, daß es ihm zu schaffen machte, Gegebenenfalls hätte er seine Hilfe nicht verweigert. Falls der Sohn in irgendeinem Schlamassel steckte, meine ich. Das war das einzige, was mich interessierte."

„Eine hübsche Geschichte."

„Jetzt reicht's aber! Ich war eben auch blank. Und schließlich wollte ich ihn nur von der schiefen Bahn abbringen. Wie hat er's aufgenommen?"

„Wer hat was aufgenommen?"

„Badoux senior. Den Tod seines Sohnes."

„Er ist völlig gebrochen."

„In diesem Punkt hab ich mich also nicht geirrt. Nützt aber jetzt wohl nichts mehr."

„Nein, nicht mehr viel. Erzählen Sie weiter!„

„Also: ein Versager! Hab mir gesagt, daß der Junge seinen Vater widerlegen wollte, egal wodurch. Kurz, ich hab ihn durch Zavatter beschatten lassen, einfach so ins Blaue."

Ich machte eine Pause.

„Und dann?"

„So hab ich erfahren, daß er im Staatsarchiv rumstöberte."

Pause.

„Und?" wiederholte Faroux.

„Das ist kein Verbrechen. Nur, während ich bei Badoux war, hab ich auf seinem Tisch einen Haufen Papier gesehen ... alte Dokumente ... na ja, auf den ersten Blick, so von weitem ... Da hab ich mir gesagt ..."

Pause.

Der Kommissar wurde ungeduldig.

„Hören Sie auf mit dem Theater! Was haben Sie sich gesagt?"

„Daß er sie bestimmt aus dem Archiv geklaut hatte."

Faroux riß die Augen auf. Seine Schnurrbarthaare sträubten sich.

„Was ist das jetzt wieder für eine Geschichte?" bellte er.

„Eine Geschichte eben ... historisch. Liegt wohl an dem Arrondissement. Mein Gott! Sie sehen mich an, als wollte ich Sie auf den Arm nehmen. Ihre Flics oder die aus dem Viertel hätten doch genausogut Dokumente bei ihm finden können, oder nicht?"

„Sie haben die Dokumente auch gefunden. Nur haben wir diesen Gesichtspunkt nicht ins Auge gefaßt."

„Dafür aber mich! Gut gemacht..." lachte ich.

Er überhörte meine Bemerkung und griff zum Telefon, um meine Angaben überprüfen zu lassen. Dann wandte er sich wieder an mich.

„Fahren Sie fort."

„Na ja, das war's eigentlich schon. Zavatter ist ausgestiegen. Einen Jungen zu beschatten, der ins Restaurant geht, sich dann im Archiv vergräbt und mit den Hühnern schlafengeht, das war unter seiner Würde. Und außerdem schulde ich ihm noch Geld. Gestern bin ich dann Badoux gefolgt. Standardprogramm: Restaurant und Staatsarchiv. Aber am Nachmittag ist er in den Basar am Hôtel de Ville gegangen und hat Werkzeug gekauft. Unter anderem eine zerlegbare Hacke. Ich hab mein Hirn in Gang gesetzt..."

„Und was ist dabei rausgekommen?"

„Folgendes: Maurice Badoux hatte keinen Garten. Für Blumen auf der Fensterbank braucht man keine Hacke. Also wollte er demnächst wohl ein Loch graben. Auf seinem Tisch liegen alte Schriftstücke. Er liebt alte Gemäuer. Sein Viertel besteht nur aus so was. Außerdem lagen zwischen den Dokumenten auch noch Zeitungsausschnitte über Ausgrabungen von Schätzen. Ich brauchte nur noch zusammenzuzählen."

„Ergebnis?"

„Maurice Badoux hatte endlich einen Weg gefunden, seinem Vater zu beweisen, daß er kein Versager war. Und daß die Liebe zu alten Gemäuern auch zum Erfolg führen kann."

„Hm, hm", brummte Faroux skeptisch. „Und was haben Sie dann gemacht?"

„Den Vater angerufen, um ihn aufzuklären. Er war aber in einer Konferenz."

„Sie wollten ihn wieder anrufen."

„Ich hab mir überlegt, daß es besser wäre, ihn zu besuchen.

Und ich mußte mir genau zurechtlegen, was ich ihm sagen wollte. Nur so hatte ich eine Chance. Ich nahm mir vor, heute zu ihm zu gehen. Aber als ich in der Zeitung las..."

„Ja, ja, natürlich. Sagen Sie, Burma, Sie müssen lange mit Badoux junior geredet haben, sonst hätten Sie nicht alle diese Papiere so genau ansehen können. Dokumente, Zeitungsausschnitte..."

„Ziemlich lange. Ich wollte Badoux genau kennenlernen, verstehen Sie?"

„Ich sag das, weil... Ich kenn Sie doch! Sie haben sich für ihn interessiert. Also hätten Sie in aller Ruhe bei ihm rumschnüffeln können, während er im Archiv war. Ist doch sonst Ihre Art."

„Ist sonst meine Art. In diesem Fall hab ich aber keine Hausdurchsuchung vorgenommen."

Der Kommissar ging nicht weiter darauf ein.

„Was anderes: Nach Ihrem Anruf bei dem Alten gestern, was haben Sie da gemacht?"

„Nichts."

„Sie haben Badoux nicht weiter beobachtet?"

„Ja, doch! Hab ein wenig vor seinem Haus rumgestanden, bin dann aber bald abgehauen. Badoux hatte nämlich auf dem Weg zum Basar und vom Basar nach Hause ordentlich getankt. Ich dachte, er schlief seinen Rausch aus."

Faroux strich über seinen Schnurrbart.

„Das stimmt mit der medizinischen Untersuchung überein", nickte er.

Das Telefon klingelte.

„Kommissar Faroux... Ja..."

Er mußte lange zuhören.

„... Gut."

Er legte auf und sah mich lächelnd an.

„Sie verunglimpfen einen Toten. Der Archivar hat ausgesagt, daß die fraglichen Dokumente nie zu seinen Schätzen gehört haben."

„Vielleicht hat er sie woanders geklaut."

„Möglich."

Er stand auf.
„Das wäre alles. Ich danke Ihnen, Burma."
„Nichts zu danken."
Ich stand auch auf, ohne Eile.
„Was wollte er denn in der Ruine?" fragte ich. „Einen Schatz suchen?"
„Genau. Unsere Sachverständigen haben seine Dokumente untersucht und sind zu derselben Theorie gekommen wie Sie."
„Große Geister sind sich einig."
Er hob die Schultern:
„Oder große Idioten. Man muß schon ziemlich blöd sein, wenn man meint, daß dieser Schatz immer noch da liegt – falls es ihn jemals gegeben hat – und auf einen Jungen wartet, den das eifrige Studieren durcheinandergebracht hat. Jedenfalls war er tot, bevor er den ersten Spatenstich machen konnte."
Ich fragte beiläufig:
„Wer hat ihn umgebracht?"
Faroux warf mir einen seiner berühmten Spezialblicke zu:
„Niemand. Er hatte einen sitzen, und der Ort ist gefährlich. Hat sich leider den Hals gebrochen. Kann vorkommen."
„Täglich. Steht auch in den Zeitungen. Unfall. Aber was kümmert Sie dann, ob ich mich für Badoux interessiert hab oder nicht?"
„Lassen Sie sich deswegen keine grauen Haare wachsen. Sparen Sie sich die Mühe. Und versuchen Sie nicht, dem Papa irgendeinen Mist vorzuschlagen. Er hat Sie nicht gerade ins Herz geschlossen. Versuchen Sie lieber, Ruhe zu geben."
„Werd's versuchen."

* * *

„Ich werde es nicht nur versuchen", sagte ich zu Hélène.
Sie hatte ein wenig besorgt in der Agentur auf mich gewartet. Ich erzählte ihr alles.
„Ich werde mich völlig raushalten."
Die Kleine lachte laut los:
„Leere Versprechungen!"

„Nein, nein. Diesmal nicht.“

Faroux würde mich nicht aus den Augen lassen. Das spürte ich. Und in diesem besonderen Fall hatte ich meinen ganz persönlichen Grund, Ärger aus dem Weg zu gehen.

„Also wirklich, das sieht tatsächlich ernst aus“, sagte Hélène und sah mich besorgt an. „Sie machen einen deprimierten Eindruck. Kommt das von dem Gespräch mit dem Kommissar? Ist doch schließlich nicht das erste Mal, daß Sie sich gegenseitig ärgern.“

„Glauben Sie, es macht Spaß, ständig geärgert zu werden? Genauer gesagt, immer wenn sich irgendeiner umbringen läßt? Hab so langsam die Schnauze voll davon.“

„Also doch kein Unfall?“

„Auch kein richtiger Mord. Liegt so dazwischen. Nennt man im allgemeinen... äh... den Tod arrangieren, ohne ihn direkt zu verursachen... Oder so ähnlich.“

„Und wissen Sie, wer's war?“

„Ich ahne es.“

„Wer?“

„Dieser entsprungene Häftling... Latuit... Cabirols Mörder. Sonst würden die Flics sich nicht so in Schweigen hüllen über das Notlager in dem Turm. Latuit hütet sich vor Hotels und vor Freunden. Sehr verständlich. Nach seinem ersten blutigen Ausflug hat er sich zu Isabeau von Bayern geflüchtet. Der Pechvogel Badoux überrascht ihn in seiner Behausung. Es kommt zur Prügelei...“

Hélène zog die Nase kraus.

„Er hätte aber doch das Quartier einfach wechseln können.“

„Sie sind schlauer, als die Polizei erlaubt. Ja, hätte er können. Hat er aber nicht. Wird schon wissen, warum. Jetzt ist er jedenfalls aus seinem Bau vertrieben. Bis er den Flics in die Arme läuft, wird's nicht mehr lange dauern.“

Hélène lachte:

„Mein Gott! Wie Sie das sagen! Man könnte meinen, diese Aussicht macht Sie traurig.“

„Mich? Nein. Obwohl... man müßte mir schon viel Geld

geben, um mich zu der Aussage zu bewegen, Cabirols Tod bedeute einen großen Verlust... Offensichtlich hat Latuit aber auch Badoux getötet. Und der war nun ein armer netter Kerl. Ein kleiner Dokumentenklau vielleicht, aus Wissensdurst, aber nicht so'n Schwein wie Cabirol..."

Das Klingeln des Telefons unterbrach meine brillante Leichendoppelrede.

„Hallo", meldete ich mich.

Nichts. Stille. Nicht mal das leiseste Knacken.

„Hallo!" versuchte ich's wieder.

Am anderen Ende wurde aufgelegt, sachte, vorsichtig. Ich legte ebenfalls auf. Weniger sachte, weniger vorsichtig. Ich zwinkerte Hélène zu:

„Noch was Geheimnisvolles... Es sei denn, das war Faroux, der sich davon überzeugen wollte, daß ich mich nicht von meinem Sessel fortbewege. Unglaublich, diese Flics. Man kann nicht mal in Ruhe arbeiten... A propos..."

Ich wählte die Nummer meines Freundes Seldow, des zauberhaften Zauberkünstlers.

„Hallo?" klang es aus der Rue Bonaparte.

„Guten Tag, Anita. Hier Burma. Wie geht's?"

Damit kein Mißverständnis entsteht: Anita ist die Frau meines Freundes, nicht sein Kosename.

„Guten Tag, Nestor. Geht so. Willst du mit Michel sprechen?"

„Ja."

„Salut, altes Wildschwein", meldete sich Seldow. „Gibt's was Neues?"

„Nichts weiter. Hab gesehen, daß du demnächst im Cirque d'Hiver auftrittst."

„Ja."

„Miss Pearl *and partner.* Kennst du die?"

„Gut sogar. Wir sind manchmal zusammen. Auf dem Plakat. Ein hübsches Mädchen. Soll ich dir die Telefonnummer geben?"

„So was Ähnliches. Wo steigen diese Akrobaten ab, wenn sie in Paris sind?"

„In der Rue des Filles-du-Calvaire gibt's ein Hotel-Café-Restaurant. La Piste. Steigen viele Durchreisende ab. Ob Pearl auch, kann ich dir nicht hundertprozentig sagen. Letzten November haben sie und Mario dort gewohnt. Aber vielleicht ist das ein Grund für sie, jetzt woanders abzusteigen ... Sag mal, vergißt mal das mit dem Berufsgeheimnis: du willst ihnen doch nichts Böses, hm?"

„Nein, nein. Keine Sorge."

Er lachte.

„Gut. Sonst... Laß sie in Ruhe. Vor allem Mario. Soll mir zuerst mein Geld zurückgeben."

„Er schuldet dir Geld?"

„Ja. Ist ein netter Kerl. Aber dem rinnt das Geld nur so durch die Finger!"

„So was soll's geben, ja, ja."

„Man kann ihm nicht mal böse sein. Nur für mich... wär wirklich nicht lustig, wenn du als Freund ihn daran hindert würdest, bei mir seine Schulden abzustottern. Verstehst du?"

„Mach dir deswegen nicht in die Hose", lachte ich. „Salut. Vielleicht seh ich mir deine Zauberei an."

„Würd mich freuen. Wiedersehen."

Ich legte auf.

„So. Das wäre erledigt. Wir können für heute Feierabend machen. Vor Donnerstag oder Freitag kann ich den Akrobaten keinen Besuch abstatten. Was machen wir, schönes Fräulein? Kino oder Bois de Chaville?"

„Lieber ins Kino", antwortete Hélène. „Im Frühling ist Chaville zu gefährlich.

* * *

Die Zeitungen, allen voran der *Crépuscule*, berichteten in ihren Spätausgaben in allen Einzelheiten die Geschichte von Maurice Badoux und seinem Schatz.

In allen Einzelheiten wäre zuviel gesagt. Immer noch kein Wort von einem Clochard oder so, der das ehemalige Stadthaus Isabeaus von Bayern zu seinem Unterschlupf auserkoren hatte.

Und immer noch kein Wort über Latuit, dem entlaufenen Sträfling von Fresnes.

Also lief er wohl noch immer frei rum.

* * *

Am nächsten Morgen rief Florimond Faroux mich an.

„Wie Sie selbst sehen," lachte ich, „spiel ich Ihnen keinen Streich. Den Teufel werd ich tun!"

Er lachte zurück.

„Blöder Witz. Heute ist Sonntag."

„Was kann ich für Sie tun?"

„Sie haben Badoux zu Unrecht verdächtigt. Er war kein Dieb. Wir haben den Beweis für seine Anständigkeit. Ich sag Ihnen das, damit Sie's auch glauben. Bei Ihnen kann man nie wissen. Wenn Sie ihn nämlich für einen Gauner halten, könnten Sie womöglich noch auf einen Ihrer berühmten krummen Gedanken kommen."

„Keine Gefahr. Woher kamen denn nun diese Dokumente?"

„Cabirol gehörte zu denen, die alles Mögliche kaufen und gegen jedes Pfand Geld verleihen..."

„Sogar gegen Plüschbären."

„So einer stand tatsächlich bei ihm rum."

„Wenn man daran denkt, daß Sie das Geld ehrenwerter Steuerzahler vergeuden, um seinen Mörder zu fangen... Na ja... Wenn ich also recht verstehe, dann wollen Sie mir mitteilen, daß Cabirol diese Dokumente gekauft hat, ja?"

„Nun...er besaß sie. Und er kannte Badoux. Irgendwann muß der junge Mann trotz allem seine Pannenhilfe in Anspruch genommen haben. Badoux war gebildet, wußte 'ne Menge über historische Gebäude, Ruinen... Also nehmen wir an, daß Cabirol ihn angeheuert hat, um ihn die Hieroglyphen entziffern zu lassen und rauszukriegen, wie man das zu Geld machen konnte."

„Und Badoux stellte im Staatsarchiv Vergleiche an?"

„Ja."

„Also hatte ich doch recht. Die Beziehung zu Cabirol

beschränkte sich nicht darauf, drei Groschen gegen eine Uhr zu leihen."

„Sie hatten recht."

„Und Sie wissen jetzt, was er Cabirol brachte, als er seine Leiche fand."

„So ungefähr."

„Dann werd ich's Ihnen ganz genau sagen. Er kam zum Rapport. Cabirol war tot, und er dachte sich, ich buddel auf eigene Rechnung weiter. Das konnte er natürlich den Flics nicht erzählen. Also hat er ihnen erzählt, er wollte etwas versetzen. Richtig?"

„Richtig."

Die Sache war abgehakt. Wie Badoux. Sein seltsames Benehmen, seine Lügen bei der Polente, seine Beziehung zu Cabirol, alles klärte sich von selbst.

Immerhin etwas.

So was schafft Platz.

11.

Der Gehörnte spielt nicht mehr mit

In den folgenden Tagen herrschte völlige Windstille. Ich konnte nur alles so weiterlaufen lassen. Fatalismus hieß die Parole. Meine ganze Arbeit bestand darin, darauf zu warten, daß Miss Pearl nach Paris zurückkam, hoffentlich mit Jacquier im Gepäck. Das war alles. Ansonsten... Schließlich bin ich nicht der liebe Gott.

In den Montagausgaben der Zeitungen stand nichts Interessantes.

Instinktiv suchte ich die Spalten „Verschiedenes" für das 3. Arrondissement. Am Dienstag erfuhr ich aus dem *Crépu*, daß in der Firma Mareuil jun. und Co., Scherzartikel aller Art, eingebrochen worden war. Nicht von besoffenen Stimmungskanonen. Die nächtlichen Besucher hatten es aufs Geld abgesehen. Mareuil jun. und Co. ließen anscheinend immer ganz schön viel Kleingeld im Laden liegen. Mareuil!... Scherzartikel aller Art!... Verdammt nochmal! Das war doch der Verlobte von Odette!

Stundenlang hielt ich neben meinem Telefon Wache. Zwei geistesabwesende Anrufer, die sich verwählt hatten, holte ich wieder in diese Welt zurück. Dann meldete sich Zavatter. Ziemlich schüchtern. Er hatte von Badoux' Unfall erfahren... Ja, ja, nicht wahr, hm?... Ich antwortete ebenso tiefsinnig. Seine Treulosigkeit warf ich ihm aber nicht vor.

Und die Zeit floß dahin.

Mittwochnachmittag. Die wütende Stimme von Madame Jacquier dröhnte mir ins Ohr. Kein ‚Guten Tag', nichts. Zur Sache, wie aus der Pistole geschossen!

„Ich will Sie sehen. So schnell wie möglich."

„Wo brennt's denn?" fragte ich.

„Sie wissen offensichtlich noch nicht Bescheid..."

Ungläubiges leises Lachen. Dann:

„...Wenn das natürlich so ist, brauchen wir nicht unsere Zeit zu vergeuden. Und mein Geld. Hätten Sie die Güte, mir meinen Scheck zurückzugeben? Maître Dianoux hatte recht. Wir kommen sehr gut ohne einen Detektiv aus."

Das konnte ich nicht auf mir sitzenlassen.

„Ich bin mitten in der Arbeit!" protestierte ich. „Ich glaube, ich komme besser gleich zu Ihnen."

„Beeilen Sie sich."

* * *

In der Rue de Thorigny öffnete mir eine unauffällige alte Frau mit traurigem Gesicht und vom Gewicht der Jahre und der Sorgen gebeugten Schultern. Bestimmt die Mutter des Arbeiters, der in der Gießerei verrückt geworden war. An Verrückten mangelte es nicht in Madame Jacquiers Umgebung.

Sie selbst stand im dunklen Flur, zwei Meter hinter ihrem

Dienstmädchen, stocksteif wie Justitia, offensichtlich bereit, mir den Marsch zu blasen.

„Kommen Sie mit", sagte sie.

Wir gingen in den riesigen Salon mit den kleinbürgerlichen Möbeln und der großbürgerlichen Decke. Diesmal stand keine Flasche für meinen Empfang bereit. Madame Jacquier bot mir nicht mal einen Platz an. Sie setzte sich auch nicht; ging im Zimmer umher, als wollte sie einen Rekord im Rundlauf aufstellen.

„Ich werd noch verrückt", stöhnte sie.

Das bestätigte meinen Eindruck, was ich aber nicht laut sagte.

„Ist Odette nicht da?" fragte ich stattdessen.

Sie fauchte:

„Lassen Sie Odette in Ruhe! Halten Sie mich eigentlich für bescheuert?"

Ich deutete eine Geste höflichen Protests an.

„Es geht um Monsieur Mareuil", fuhr sie fort.

„Ah ja. Hab gehört, man hat bei ihm eingebrochen. Sie..."

„Kümmert mich einen Dreck, was da los war. Er hat mit meiner Tochter Schluß gemacht."

„Schluß gemacht?"

„Erstaunt Sie das?"

„Tja..."

„Ich bin gedankenlos und blöd. Man hat es mir schon oft gesagt. Aber manchmal hab auch sogar ich lichte Momente. Hab mich von Ihren schönen Worten einwickeln lassen. Sie waren mir sympathisch. So kann man sich manchmal täuschen."

Sie legte so richtig los. Mir wurde gehörig der Kopf gewaschen. Der Grund allen Übels war nämlich ich. Weil ich Odettes Liebhaber war, oder wollte ich das abstreiten, hm? Mareuil hatte uns zusammen überrascht. Das konnte er sich nicht bieten lassen...

„...Und ich mir auch nicht", schrie Madame Jacquier.

„Geht mir genauso", schnauzte ich zurück. So langsam schoß ich mich auf den Umgangston ein. Da ihr das die Sprache verschlug, setzte ich noch hinzu:

„Hören Sie, ich werd Ihnen keine hieb- und stichfesten Alibis liefern..."

„Oh! Verschonen Sie mich mit Ihren Fachausdrücken..."

„Nein! Paßt zu meiner Situation. Es gibt nur einen Weg, meine Unschuld zu beweisen: Stellen Sie mich Monsieur Mareuil gegenüber."

„Sie scheinen sich ja sehr sicher zu sein", sagte sie nach einer Schweigeminute, die sie zum Nachdenken genutzt hatte. Oder zu dem Versuch.

„Mit gutem Grund."

„Ich kann mich zu solch einem Schritt nicht entschließen. Das ist mir äußerst peinlich. Nach dem, was geschehen ist... Und ob Sie nun der Schuldige sind oder ein anderer ...die eigentlich Schuldige ist meine Tochter. Vielleicht hätte ich ihr nicht so große Freiheiten lassen sollen."

„Dann sind also Sie die einzige und wahrhaft Schuldige. Aber Jammern hilft jetzt nicht. Wie Sie schon sagten, wer auch der Schuldige ist, die Schuld bleibt dieselbe. Mareuil wird seinen Entschluß nicht rückgängig machen. Aber ich bin daran interessiert, daß Sie von meiner Aufrichtigkeit überzeugt sind. Sie haben mir einen Auftrag gegeben. Ich will ihn ausführen. Nicht aus Liebe zur Arbeit, sondern aus Mangel an Geld. Ich will Ihnen nämlich Ihren Scheck nicht zurückgeben."

„Das ist mir äußerst peinlich", wiederholte sie.

„Für mich ist das auch nicht gerade lustig", sagte ich. „Also?"

Es folgten fünf Schweigeminuten, mit der Uhr gestoppt. Fünf Minuten können sehr lang sein.

„Gehen wir", seufzte Madame Jacquier endlich. „Aber mir ist das äußerst peinlich."

* * *

„Das ist mir äußerst peinlich", sagte auch Jean Mareuil.

Ihnen fiel wohl allen nichts anderes ein. Die Platte nutzte sich ab.

Der Handel mit Scherzartikeln aller Art machte Mareuil jun. und Co. nicht besonders fröhlich. Ein hübscher junger Mann, stocksteif und unterkühlt. Wäre besser bei Borniol aufgehoben gewesen. Ganz so, wie ich mir einen Schöpfer von Pinguinen zu Vervielfältigungszwecken vorgestellt hatte. Allerdings schien die Serienproduktion des polaren Schwimmvogels durch den Bruch der beiden Familien gefährdet. Wie schön!

Monsieur Mareuils Büro war eng, düster und nüchtern. Es befand sich in einem Hinterhof in der Rue Pastourelle. Man mußte erst durch mehrere Lagerräume, deren Regale mit Schachteln und Artikeln aus buntem Papier vollgestopft waren.

„Ich frage mich, warum ich Sie empfange, Madame. Sie werden verstehen, daß es mir unmöglich ist... Mir ist das alles äußerst peinlich..."

Er sah mich an:

„Wer ist dieser Herr?"

Madame Jacquier verlor den Boden unter den Füßen.

„Sie... Sie kennen ihn nicht?"

„Ich habe nicht die Ehre?"

„Das ist nicht...?"

Monsieur Mareuil lächelte. Etwas traurig, aber vor allem hochmütig und verächtlich. Er konnte sich nicht die Unverschämtheit verkneifen:

„Es sind also mehrere! Da bin ich ja noch mal gut davongekommen! Nein, Madame. Ich weiß nicht, was diese lächerliche Komödie soll, aber das ist nicht der Herr, den ich in... galantem Gespräch mit Ihrem Fräulein Tochter überrascht habe. Monsieur sieht nicht aus wie ein Gauner..."

Wollte er mir schmeicheln? Oder mich ärgern? Das konnte ich noch nie auseinanderhalten.

Madame Jacquier blieb vor Entrüstung die Spucke weg:

„Wie ein Gauner! Hören Sie, Monsieur..."

Was kümmerte sie, ob die Kerle im Bett ihrer Tochter Gauner waren oder nicht?

Monsieur Mareuil seufzte:

„Diese Unschuldsräuber…"

Die Ausdrucksweise paßte zum Sprecher.

„…sehen alle wie Gauner aus. Jedenfalls für einen, der auf der anderen Seite steht…"

Er spielte mit einem Parisartikel. Eine nackte Tänzerin. Das genaue Gegenstück zu dem Brieföffner, mit dem Cabirol umgebracht worden war. Nur aus Kupfer.

„…Und außerdem bin ich so sehr daran gewöhnt, nichts als Gauner zu sehen, daß ich mich frage, ob es noch andere gibt…"

Ich beendete das Geschwätz:

„Darf ich mir eine Bemerkung erlauben, Monsieur?"

„Bitte, Monsieur…äh…Monsieur…?"

„Burma. Nestor Burma. Privatdetektiv."

Er fuhr hoch:

„Detektiv?… Aha! Ich verstehe…"

Sein Lächeln verschönerte wieder seine Lippen. Ein gehörnter Ehemann, schon vor der Hochzeit!

Zu Madame Jacquier gewandt, fuhr er fort:

„Ich hoffe, gnädige Frau, Ihnen kommt es nicht in den Sinn, mich mit Hilfe eines Privatdetektivs wegen Eheversprechens zu belangen. Ich…"

„Nichts dergleichen", unterbrach ich ihn. „Von mir aus kann sich jeder drücken. Aber Madame Jacquier hat geglaubt, ich wäre der Grund…"

„Sie waren nicht der Grund."

„Sehr schön. Das wäre alles. Na ja, fast alles… Sie haben da nämlich gerade eine beleidigende Bemerkung fallengelassen, die ich gern wieder aufnehmen möchte. Ich verstehe, Sie sind wütend. Ich verstehe nicht, warum ich Mademoiselle Larchaut verteidige. Aber na ja, so bin ich nun mal. Mademoiselle Larchaut hat nicht mehrere Liebhaber. Einer soll wohl genügen."

„Vollauf", lächelte er gezwungen. „Ich entschuldige mich für diese Grobheit. Aber Sie werden verstehen, daß mir das alles…"

„…äußerst peinlich ist. Ich weiß."

„Dann haben wir uns ja wohl nichts mehr zu sagen."

Er brachte uns zur Tür, so frostig wie das Land seiner peinlichen Pinguine.

„So!" sagte ich zu Madame Jacquier, als wir wieder auf der Rue Pastourelle standen. „Ich hoffe, Sie sind jetzt überzeugt."

„Ja", antwortete sie kleinlaut. „Ach! Was für ein Mädchen! Was für ein Mädchen!"

„Ich muß sie sehen. Und – bitte! – sagen Sie nicht wieder, daß Ihnen das peinlich ist."

* * *

Zum Teufel mit der Ehrbarkeit, hm? Sie empfing mich in ihrem Schlafzimmer. Im Bett. Und das in Abwesenheit ihrer Mutter, die wohl erst mal zum Riechsalz greifen mußte.

Die Erschöpfung verlieh Odette eine erregende Schönheit. Das leicht übermüdete Gesicht auf dem Kopfkissen wurde von der zerzausten Pracht ihrer blonden Haare eingerahmt. Um ihre fieberglänzenden Augen lagen tiefe Ringe. Ihre Nase ragte spitz hervor. Das durchscheinende Negligé verbarg nichts von den anmutig gerundeten, hübsch anzusehenden Brüsten. Und sie unternahm nichts, um meinem Blick diese angenehme Aussicht zu entziehen. Dabei war sie sonst so prüde! Außer wenn sie sich von ihrem zukünftigen Ehemann in einer verfänglichen Situation erwischen ließ.

„Also", begann ich, „Sie machen ja schöne Geschichten!"

„Das macht mich ganz krank", seufzte sie.

„Das seh ich. Ihre Mutter hat mir beinahe die Augen ausgekratzt. Sie dachte..."

Ich erzählte ihr, was ihre Mutter gedacht hatte. Das entlockte ihr nur ein trockenes, gleichgültiges „Ach!" Sie schien mit ihren Gedanken weit weg zu sein. Dann rutschte sie etwas höher.

„Ich bin ein Idiot", seufzte sie. „Ich hab den Kopf verloren. Ich... Dabei lag mir so viel an dieser Heirat. Ich hätte wer weiß was getan..."

„Sieht nicht so aus."

„Sie verstehen das nicht... Können Sie auch nicht... Er

drohte damit, alles zu verraten...“
„Was verraten?“
„Unser früheres Verhältnis.“
„Wer?“
„Jean.“
„Mareuil?“
„Nein. Er heißt auch Jean...“
„Sehr praktisch“, lachte ich. „Liebhaber und Ehemann haben denselben Vornamen. Man kann sich unbesorgt gehenlassen.“
„Seien Sie nicht so grausam... Mein Gott!...“
Sie schluchzte los. Ich ließ die Tränen kullern. Tat mir leid, aber nicht weh. Und ihr tat es gut.
„Ich belästige Sie unnötigerweise“, sagte ich, als sie sich wieder etwas beruhigt hatte. „Ich laß Sie jetzt alleine. Ruhen Sie sich aus. Und versuchen Sie, nicht mehr daran zu denken.“
Ich reichte ihr die Hand. Sie hielt sie mit ihren schlanken Fingern fest.
„Aber ich will doch, daß Sie mich verstehen“, sagte sie flehend. Ihre schönen, jetzt feuchten Augen mit dem grünen Schimmer sahen zu mir hoch.
„Da gibt es nichts zu verstehen.“
„Ich bin keine Hure.“
„Ich hab nichts gegen Huren.“
„Aber ich bin keine... Hören Sie mich an, bitte...“
Sie hielt immer noch meine Hand fest. Rieb ihre Wange daran. Parfümduft stieg mir in die Nase.
„Sie haben mir doch nichts zu sagen“, murmelte ich.
„Doch“, beharrte sie. „Sie sollen mich verstehen... Ich konnte nicht anders... wieder... Er hat noch meine Briefe ... die wichtigsten... Er hatte die Absicht, sie Jean zu geben ... Jean Mareuil... Und mir lag doch so viel an dieser Heirat ... ich war zu allem bereit... ich sollte die Briefe kaufen ... und er wollte... sofort...“
„Eine Anzahlung?“
„Verachten Sie mich ruhig. Was anderes hab ich nicht verdient.“

Endlich ließ sie meine Hand los. Sie verbarg ihr Gesicht im Kopfkissen. Schweigend betrachtete ich ihre Körperformen unter der satinbezogenen Bettdecke, dann das einladende Zimmer, sauber und wohlriechend. War es hier geschehen? Woanders hätte der Firlefanzfabrikant die beiden ja nicht überraschen können. Madame Jacquier war wohl weggegangen. Und die alte Angestellte zählte nicht.

„Ich bin keine Hure", wiederholte Odette.

Sie strampelte, richtete sich dann auf.

„Ich muß jetzt gehen", sagte ich. Dann, lächelnd:

„Wenn ich gewußt hätte, daß man Sie so leicht erpressen kann... Na ja, egal. Auf Wiedersehen."

„Auf Wiedersehen."

Sie hob einen Arm, um eine blonde Haarsträhne aus ihrem Gesicht zu streichen. Bei der Bewegung rutschte ihre rosarote Brust aus den Falten ihres Negligés. Meine Kehle wurde trokken, mein Puls raste. Mich überkam ein großes Verlangen nach diesem Mädchen, das sich mir so schamlos gelassen anbot. Ich...

Nein. Es ging nicht.

Als ich das Haus verließ, hatte ich immer noch ihr Parfüm in der Nase.

12.
Freitag, der 14.

Die Zeitungen schrieben nicht mehr viel über Samuel Cabirol (die Ermittlungen dauerten an!) und überhaupt nichts mehr über Badoux und Latuit, die mörderische Schwuchtel aus Fresnes (die Flucht dauerte an!) Die Schlagzeilen beherrschte jetzt die Verhaftung einer noblen Gaunerbande:

Endlich ist einer Bande von Juwelendieben das Handwerk gelegt worden. Ein Skandal, daß diese unverschämten Diebe bis jetzt ungestraft operieren konnten...

Eilig wurde hinzugefügt, daß Fähigkeit und guter Wille der Polizei nicht in Frage stünden. Sie hätten getan, was sie konnten. Wenn diese Verbrecher nie gefaßt worden seien, dann aufgrund einer mächtigen, seriösen Organisation. Aber auch die besten Organisationen fliegen irgendwann mal auf. So auch die Bande von Drouillet alias Riton le Roannais. Im allgemeinen konnten sie ihre Waren ohne weiteres absetzen. Nie waren die gestohlenen Stücke – genaue Beschreibung folgte – in den Verkauf gelangt. Anzunehmen, daß sie ihr Diebesgut ganz einfach irgendwo aufbewahrten. Aber diesmal hatten sie nicht soviel Glück gehabt. Einem Juwelier war ein sorgfältig gearbeitetes Armband aus Gold und Platin angeboten worden, das vor kurzem Mrs. Tompson auf der Durchreise in Paris gestohlen worden war. Das hatte zunächst zu der Verhaftung von Daragnaud alias Jojo-la-Musique geführt, dann zu der von Félix Buffard und Henri Drouillet.

Ein Reporter des *Crépuscule* (nicht Marc Covet!) berichtete von einer „amüsanten Episode am Rande". Amüsant vielleicht für ihn. Aber nicht für Joséphine B., die die Leidtragende war. Diese Joséphine war Kellnerin in einem *bal-musette,* in dem Riton und seine Leute verkehrten. Sie war beinahe froh darüber gewesen, daß Jojo-la-Musique hinter Schloß und Riegel saß. „Wenigstens wird er in der Santé nicht fünfzigmal hintereinander dieselbe Platte laufen lassen", hatte sie jedem gesagt, der es hören wollte. Die Freunde des musikbegeisterten Jojo hatten ihr dafür die Augen blau geschlagen. Der Reporter konnte sich vor Lachen kaum halten. Dankbares Publikum.

Mir wurde bei der ganzen Sache klar, daß Cabirols Tod für gewisse Leute ein böser Streich gewesen war. Oder ich konnte nicht mehr richtig lesen. Aber ich konnte lesen...

Cabirol war ein einzigartiger Hehler gewesen. Er hatte seine kleinen Geheimnisse, wie er die heiße Ware klammheimlich und reibungslos zu Geld machen konnte, mit ins Grab genommen. Die Diebe, die mit ihm in Verbindung gestanden hatten, liefen jetzt herum wie aufgescheuchte Hühner. Jojo-la-Musique war der nervöse Kerl am Telefon. Er und seine

Komplizen hatten an dem Unglückstag eine Lieferung für Cabirol. Wahrscheinlich den Schmuck von Mutter Thompson. Vielleicht hatten sie sich auch woanders als in der Rue des Francs-Bourgeois verabredet, und der begeisterte *Orgueilleux*-Hörer war überrascht gewesen, daß Cabirol sich nicht hatte blicken lassen.

Nach und nach sollten mir diese Zeitungsartikel mehr sagen. Weitere Ereignisse und zwei- oder dreimal Kopfschmerzen brachten Klarheit. Im Augenblick stellten sie Jojo-la-Musique an den Platz, der ihm in diesem Verwirrspiel zustand. Nicht sehr wichtig, aber immerhin etwas.

* * *

Endlich kam der Augenblick, wo ich mich um Madame Jacquier kümmern sollte und wollte. Das heißt, um ihren Mann. Als sie gar nicht mehr damit rechnete, rief ich sie an. Freitagmorgen. Und wer hob in der Rue de Thorigny ab und sagte „Hallo"? Odette.

„Guten Tag. Hier Burma."

„Oh! Guten Tag."

„Auf den Beinen oder im Bett?"

„Auf den Beinen."

„Dann geht's Ihnen also besser?"

„Ja. Ich hab mich dumm benommen, neulich."

„Das sagen Sie immer. Meine wohlbekannte Höflichkeit zwingt mich dazu, Ihnen jedesmal zu widersprechen. Aber ich werd's langsam leid. Ist Ihre Mutter da? Ich möchte mit ihr reden."

„Ja. Ich geb sie Ihnen."

„Hallo!" meldete sich Madame Jacquier eine gute Minute später.

Fürchtete sie, ich würde sie beißen?

„Heute ist der Große Tag", sagte ich. „Gleich seh ich Miss Pearl. Soll ich Sie anrufen, wenn ich was rauskriege?"

„Ja, bitte. Ich bleibe zu Hause. Soll ich Maître Dianoux Bescheid sagen?"

„Wenn Sie wollen."

* * *

In der Karawanserei La Piste hatte man mir telefonisch freundlich Auskunft gegeben. Ja, Miss Pearl, Monsieur Mario und Monsieur Gustave würden hier während der gesamten Dauer ihres Engagements wohnen. Die Zimmer waren für sie reserviert. Von jemandem, der so ähnlich aussah wie Jacquier, war nicht die Rede gewesen. Aber das sollte nichts heißen. Die Künstler waren vor Freitag, dem 14. April, 11 Uhr morgens, nicht zu sprechen.

Punkt Viertel nach elf machte ich bei Miss Pearl meine Aufwartung.

Sie strafte das Bild nicht Lügen, das mir die Schlafmütze gezeigt hatte. Ein großes, gutgewachsenes Mädchen, nordischer Typ, geschmeidig wie eine Katze. Strahlend blaue Augen blickten mich verträumt aus einem hübschen Gesicht an. Die auffallend platinblonden Haare sollte man sich vielleicht besser nur im Scheinwerferlicht ansehen. Beim Dekolleté war das anders. Der Morgenmantel mit ihrem Monogramm ließ keinen Fingerbreit Haut sehen. Darunter aber trug sie bestimmt nur einen Slip, und auch das war nicht sicher. Wenn ich die Wahl zwischen ihr und Madame Jacquier gehabt hätte, hätte ich nicht lange gezögert. Aber ich war nicht hier, um das Verhalten des flatterhaften Ehemanns zu entschuldigen.

Miss Pearl bewohnte ein geräumiges, komfortables Zimmer ohne jede persönliche Note, wie alle Hotelzimmer. Zwei große Koffer standen im Weg, einer geöffnet und halb ausgepackt. Sie war nicht alleine. Ein kräftiger Kerl von ein Meter achtzig (ohne Schuhe!) war noch im Zimmer. Nicht Jacquier. Der hier hatte einen Bürstenhaarschnitt, ein grobschlächtiges Gesicht und ein eckiges Kinn. Auch er hatte sich in einen Morgenmantel gewickelt, eine Art Arbeitskittel, der eher für einen Boxer gemacht schien. Auf dem Rücken stand der Name des Eigentümers: Mario. Ich konnte die Schrift in dem Spiegelschrank lesen, vor dem Mario stand, als wollte er einen Vergleichskampf antreten.

„Entschuldigung Sie die Unordnung", sagte Miss Pearl nach einer kurzen Begrüßung. Ihre Aufräumungsversuche verschlimmerten nur noch das Chaos. „Wir sind sozusagen gerade angekommen. Wir haben für ein paar Tage in Fontainebleau Urlaub gemacht. Sehr hübsch, Fontainebleau."

Sie hieß wohl eher Fräulein Ingeborg als Miss Pearl, nach ihrem starken deutschen Akzent zu urteilen. Aber Miss Pearl kam vielleicht besser an.

„Sehr", nickte ich zustimmend.

„Setzen Sie sich doch."

Sie ging mit gutem Beispiel voran und setzte sich aufs ungemachte Bett. Mit einem liebenswürdigen Lächeln schob Mario mir einen Stuhl hin. Ich setzte mich.

„Was möchten Sie wissen?" fragte die Trapezkünstlerin.

„Ich würde Ihnen gern ein paar Fragen stellen."

„Bitte."

„Ich möchte mit Miss Pearl sprechen", wandte ich mich an den Muskelprotz.

„Nur zu, mein Lieber", ermunterte er mich herzlich. „Ich bin an die blöden Fragen gewöhnt, die die Journalisten meiner Frau stellen."

„Eben. Um in Ihr Zimmer zu kommen, hab ich unten erzählt, ich wär Journalist. Stimmt aber nicht."

Er runzelte die Stirn.

„Und was sind Sie dann?"

Ich zeigte ihm meinen Ausweis:

„Privatdetektiv. Sie haben sicher viel erlebt, lassen sich also von einem Fetzen Papier mit Stempel sicher nicht beeindrukken. Ich weiß. Sie können mich rausschmeißen, wenn Sie wollen. Ich kann Sie nicht daran hindern. Ich bin alleine, und Sie zählen für zwei von meiner Sorte. Aber ich rede zu Ihnen von Mann zu Mann, ohne Scherz. Es ist besser für alle Beteiligten, wenn ich Miss Pearl meine Fragen unter vier Augen stellen kann."

Er fing an zu lachen. Lauthals. Er riß den Mund weit auf. Ich sah kerngesunde Zähne strahlen. Aber die dunklen Augen fixierten mich hart.

„Sagten Sie: ohne Scherz? Ja, Scheiße. Möchte wissen, was sie da gerade gemacht haben?"

„Wenn ich eines Tages mal einen Scherz machen muß, werden Sie den Unterschied schon sehen. Ich arbeite eben auch ohne Netz."

„Das ist doch Zeitungschinesisch. Sind Sie sicher, daß Sie nicht doch Journalist sind?"

Jetzt fing ich an zu lachen.

„Ganz sicher. Kann ich denn jetzt mit Miss Pearl reden?"

„Unter vier Augen?"

„Am liebsten."

Er stand an den Schrank gelehnt. Seine rechte Hand zerknüllte Papier. In der Tasche seines Morgenmantels klimperte Kleingeld. Unnachgiebig schüttelte er langsam den kantigen Kopf:

„Nein, Freundchen!"

„Ich muß von Dingen sprechen, die Ihnen nicht gefallen werden."

„Macht nichts."

Ich wandte mich an die Frau:

„Ich versuche immer, meine Arbeit so anständig wie möglich zu machen. Scherereien vermeiden und den ganzen Kram. Wenn hinterher der Haussegen schiefhängt, dann ist das sein Bier."

Sie sah mich lange an, eindringlich und neugierig. Ich hatte vergessen, daß sie keine Französin war. Vielleicht kapierte sie nur wenig von meinem Kauderwelsch. Dann eben nicht. Übersetzen wollte ich's nicht.

„Na gut", fuhr ich fort. „Es geht um Jacquier. Paul Jacquier."

„Ja, ja", sagte Miss Pearl leise.

„Jacquier?... Hm..." spuckte Mario.

Um ganz sicher zu gehen, hielt ich der Frau das Foto vor die Nase.

„Ja, ja", flüsterte sie wieder.

Ich gab es auch Mario.

„Stecken Sie die Visage wieder ein", fauchte er wütend.

„Die hab ich oft genug gesehen."

„Sehen Sie? Ich hatte doch recht. Hab Sie vorher gewarnt, daß Ihnen das nicht gefallen wird."

Er knurrte:

„Ja, Sie hatten recht. Und nun?"

„Letzten November sprang der um Miss Pearl herum, stimmt's? Entschuldigen Sie bitte, aber ich tu nur meine Arbeit."

„Und worin besteht Ihre Arbeit, wenn man fragen darf? Wir sind Ihnen keine Rechenschaft schuldig. Unsere Bettgeschichten gehen keinen was an..."

Er hob die muskulösen Schultern:

„...Sie müssen auch entschuldigen. Ich reg mich für nichts und wieder nichts auf. Ist doch alles aus und vorbei."

„Ich habe den Auftrag, nach Jacquier zu suchen."

„Tut mir leid, mein Lieber! Hab ihn nicht bei mir."

Er klopfte sich auf die Taschen. Das Geld klimperte wieder.

„Scheint so, als sei er mit Ihnen fortgegangen...na ja...äh..."

„Ja, ja, versteh schon", lachte er. „Natürlich nicht mit mir. Hätte auch noch gefehlt!"

Sofort wurde er wieder ernst:

„Er ist uns tatsächlich gefolgt. Unterwegs haben wir ihn dann aus den Augen verloren."

„Wo genau? Seine Frau braucht ihn."

„Hätte besser drauf aufpassen sollen."

„Kann sein. Darum geht's jetzt nicht. Er ist also nicht mit Ihnen zurückgekommen?"

„Sonst noch was? Ist mir mehr als einen Monat zwischen den Beinen rumgelaufen... (Er lachte)...äh...sagt man so... Ich glaub, das genügt, hm? Als ich merkte, daß er in dunkle Geschäfte verwickelt war, hab ich ihn sofort rausgeschmissen."

„Wo war das?"

„In London... Hören Sie, mein Lieber. Ich bin Kumpel. Seien Sie's auch. Sie hatten recht. Das Thema begeistert mich nicht gerade. Werd Ihnen erzählen, was ich weiß, aber dann gehn Sie mir damit nicht mehr auf den Wecker, klar? Für sie ist das auch nicht angenehm."

Er zeigte auf die Trapezkünstlerin. Schien sich tatsächlich nicht wohlzufühlen.

Ich entschuldigte mich.

„Schon gut", winkte Mario ab. „Sie müssen sich ja auch Ihre Brötchen verdienen... Dieser Jacquier ist uns erst nach London gefolgt, dann nach Brüssel und wieder nach London. Von da an kamen mir Zweifel. Wie Sie sehen, hab ich lange dafür gebraucht. Und dann ist uns der Kragen geplatzt. So war das, mein Lieber. Ich weiß nicht, ob er in London geblieben ist oder sonstwo."

„Wo hat er in London gewohnt?"

„Weiß ich nicht."

Ich sah der Deutschen so tief wie möglich in die blauen Augen.

„Äh... Haben Sie sich irgendwo mit ihm getroffen?"

Bevor sie antworten konnte, lachte der Kraftprotz los:

„Bei Rita Brown, in Soho... Bin ihr einmal nachgegangen. Rita Brown, ein Stundenhotel, 75 Lawrence Ford Street, Soho... Scheiße! Die Adresse werd ich so bald nicht vergessen."

„Sehr gut", sagte ich. „Werd's mir auf jeden Fall notieren."

Nachdem ich mir den Fall notiert hatte, stand ich auf.

„Entschuldigung, nochmal. Auf Wiedersehen, Monsieur. Alles klar?"

„Alles klar."

Er reichte mir seine große, starke Hand. Meine verschwand fast vollständig darin. Ich lächelte:

„Sie haben ihn also in London gelassen, stimmt's?"

„In London, jawohl."

„Sind Sie sicher, daß er nicht in der Themse liegt?"

„Also, hören Sie mal..."

Er brach wieder in lautes Gelächter aus.

„...Ach! Scheiße!..."

Er kam wieder zu sich.

„...Nein, nicht in der Themse. Da bin ich ganz sicher."

„Um so besser. Auf Wiedersehen."

„Salut."

„Guten Tag, Miss Pearl. Tut mir schrecklich leid..."

„Macht nichts. Sie brauchen sich nicht zu entschuldigen."

Ihr Akzent war jetzt noch stärker. Sie lächelte schwach. In ihren Augen sah ich Angst. Sie gab mir die Hand. Zusammen mit einem Stück Papier.

Weit weg von La Piste und den dazugehörenden Leuten sah ich's mir an: eine Freikarte für eine Zirkusvorstellung.

Miss Pearl hatte mir irgendetwas mitzuteilen. Sie forderte mich hiermit auf, zu ihr in den Zirkus zu kommen. Vielleicht konnte sie in einer freien Minute mit mir reden – ohne Partner.

* * *

Der Zirkus war voller fröhlicher Menschen, lärmend und guter Dinge. Ich hatte Hélène mitgenommen. Sie freute sich wie ein Kind. Vorfreude ist die schönste Freude. Eine echte Pariserin eben.

Wir saßen ganz vorne, gegenüber dem roten Vorhang, durch den die Artisten in die Manege kommen. Vor dem Vorhang standen mit gekreuzten Armen die Zirkusdiener in ihren korrekten blauen Uniformen mit Goldlitzen.

Ich sah mir das Programmheft an. Miss Pearl hatte demnach ihren Auftritt ungefähr in der Mitte des zweiten Teils, direkt nach Michel Seldow, dem Zauber-Zauberer. Und noch etwas später, nach einer Jongleurnummer, kam Mario mit einem anderen Partner noch einmal in die Manege. Bei dieser Gelegenheit sollte ich sicher versuchen, hinter den Kulissen die Trapezkünstlerin zu treffen. Bis dahin hatte ich nichts weiter zu tun, als bei der Vorstellung meinen Spaß zu haben.

Es begann.

Die Scheinwerfer richteten sich auf die Bühne mit den Orchestermusikern in ihren strahlenden Uniformen, die gleichzeitig mit ihren Instrumenten loslegten. Die unvergleichliche Musik schmetterte durch das Zirkuszelt. Mehrere Clowns machten den Anfang und sorgten mit ihren einfallsreichen Späßen für Stimmung.

Bald war schon Pause. Wir gingen hinter die Kulissen, um meinen Zauberfreund in seiner Garderobe zu besuchen. Ein Junge vom Zirkus führte uns hin.

„Salut, altes Wildschwein", begrüßte mich Seldow. „Schön, daß du gekommen bist. Dann weiß wenigstens ein Zuschauer meine Arbeit zu schätzen. Übrigens, du kannst ihn festnehmen."

„Wen?"

„Mario."

„Hatte ich gar nicht vor."

„Um so besser für ihn... Na ja, er hat mir das Geld zurückgegeben..."

„Ach!"

„Ja. Hat wohl während der Tournee was gespart. Hoffentlich bleibt das so."

„Sag mal, wo ist die Garderobe von Miss Pearl?"

„Pearl und Mario. Haben eine zusammen. Nur Gustave hat eine für sich, der andere Partner."

„Und wo ist die Garderobe der beiden?"

Er sagte es mir. Ich machte einen Erkundungsgang, blieb aber in hübscher Entfernung. Dann rief uns der Gong zurück auf unsere Plätze. Das Orchester spielte sich schon warm.

Mein Freund wurde mit herzlichem Applaus begrüßt. Aber es war zu spüren, daß alle der folgenden Nummer ungeduldig entgegenfieberten.

Als Miss Pearl *and partner* zu leiser Musik über den roten Teppich die Manege betraten, hörte man überall ein langgezogenes „Ah!". Hoch unter der Zirkuskuppel schaukelten die fliegenden Trapeze.

Das Trio grüßte in alle Richtungen. Mario und Gustave waren etwa gleich groß. Man sah ihre Muskeln spielen. Miss Pearl trug ihr platinblondes Haar nach hinten gekämmt. Die Farbe ihres Trikots changierte im Scheinwerferlicht. Bewunderndes Gemurmel. Ihre Handküsse wurden von der Menge mit Beifall beantwortet. Sie war wirklich sehr schön. Ein Rasseweib. Jacquier hatte Geschmack.

Zu den Klängen der Musik kletterten die Akrobaten geschmeidig zur Plattform hoch, von der aus das phantastische Luftballett seinen Anfang nahm. Die Musik war jetzt kaum noch zu hören. Nur noch ein monotones Gejammer. Zweitausend Zuschauer starrten mit offenem Mund oder zusammengebissenen Zähnen auf die Bewegungen der Trapezkünstler, die durch die Luft wirbelten, wieder aufgefangen wurden, zwischen Himmel und Erde aneinander vorbeiflogen. Das Orchester hatte aufgehört zu spielen. Nur noch ein dumpfer Trommelwirbel. Mit einem Schlag verstummte auch er.

Der ganze Zirkus war aufgesprungen. Ein einziger Schrekkensschrei erfüllte das Zelt. Hélène stöhnte auf und verbarg ihr Gesicht an meiner Schulter.

Ein Zentimeter. Vielleicht noch weniger. Aber auch weniger als ein Zentimeter bedeutet viel im Leben eines Trapezkünstlers. Mario hatte Miss Pearl um einen Zentimeter verpaßt; jetzt lag sie wie ein Hampelmann mit verrenkten Gliedern in der Manege. Mit heimtückischer Geduld lauern die Matten in der Manege auf solche Augenblicke, seitdem es Zirkus gibt. Gierig tranken sie jetzt das Blut der Deutschen.

* * *

Wie im Traum rutschte Mario das glatte Seil hinunter, ohne sich darum zu kümmern, daß er sich die Hände aufriß. Er warf sich buchstäblich auf den Körper der jungen Frau und umschlang ihn schluchzend. Einige Zirkusleute, unter ihnen Gustave, stellten Mario wieder auf die Beine und brachten ihn hinter die Kulissen. Andere stürzten mit einer Trage in die Manege, als hätten sie ihr Leben lang nichts anderes gemacht. Eilig brachten sie die Unglückliche weg, aus den Augen der krankhaft neugierigen Menge. Jemand gab etwas bekannt. Niemand verstand ihn.

Hélène stand kurz vor einem Nervenzusammenbruch. Ich

klopfte ihr beruhigend auf die Schulter. Nach und nach kam sie wieder zu sich, wurde wieder Nestor Burmas unerschrokkene Sekretärin, die auf Schritt und Tritt Leichen aufscheucht wie Heuschrecken auf einer blühenden Wiese. Ich konnte sie wieder sich selbst überlassen und eilte hinter die Kulissen.

Der Zugang zur Garderobe des Akrobatenehepaars wurde von zwei Dienern bewacht.

„Sie können hier nicht rein“, belehrten sie mich.

„Ist Miss Pearl da drin?“

„Sie ist nach Lariboisière gebracht worden.“

„Weiß man schon Näheres?“

„Noch nicht.“

„Und Mario?“

„Ist da drin. Darum dürfen Sie nicht rein.“

„Ich muß aber mit ihm sprechen. Sagen Sie ihm, daß ich hier bin. Nestor Burma, der Privatdetektiv von heute morgen.“

Einer von den beiden Wächtern ging hinein und kam mit Gustave wieder. Der dritte Mann sah mich neugierig an.

„Kommen Sie“, sagte er.

Mario saß auf dem Sofa und stöhnte leise. Manchmal kam ein dumpfer Klagelaut von seinen blutleeren Lippen. Ein Clown im paillettenbesetzten Kostüm und ein anderer Arbeitskollege standen vor ihm und sahen ihn fassungslos an. Mario betrachtete mit gesenktem Kopf ein großes Glas Schnaps auf seinen Knien, ohne es zu sehen. Als ich näherkam, hob er den Kopf.

„Salut, Flic“, stammelte er. „Ich bin ja so schlau! Ein dummes Schwein bin ich, ein Arschloch! Sie sind doch Flic, nehmen Sie das Schwein fest, der das gemacht hat.“

„Ist gar nicht so falsch“, sagte ich. „Sie wollte mit mir sprechen, Mario. Jetzt kann sie's nicht mehr.“

Panik in den Augen, rief er:

„Ist sie … tot?“

„Weiß ich nicht. Jedenfalls ist sie gefallen. Gut gemacht, hm?“

Er fuhr hoch:

„Was?... Glauben Sie, daß... daß ich sie umgebracht habe?“

Die Anwesenden waren genauso bestürzt wie er. Das Gesicht des Clowns verzog sich unter der ausgefallenen Maske zu einer lustigen Grimasse. War aber gar nicht zum Lachen.

„...Herrgott nochmal!“ stöhnte Mario auf. „Warum hätte ich das tun sollen?“

„Jacquier“, sagte ich.

„Wie?“

„Er hat mit ihr geschlafen. Als du das in London oder sonstwo gemerkt hast, warst du alles andere als begeistert. Darum hast du Jacquier umgebracht. Heute morgen hast du mir Märchen erzählt. Pearl wollte mit mir sprechen. Unter vier Augen. Hat sich quasi mit mir hier verabredet. Du hast sie mundtot gemacht...“

„Jetzt reicht's aber“, rief Gustave. „Was soll das Ganze? Jacquier... den Namen hab ich schon 'mal gehört... Aber mir ist nicht klar...“

Ich klärte ihn auf. Er rief überrascht aus:

„Also, Sie suchen Jacquier?“

„Ja.“

„Dann suchen Sie mal woanders. Und regen Sie den armen Kerl hier nicht noch mehr auf. Es stimmt, letzten November hat dieser Jacquier Pearl den Hof gemacht, hat ihr geschrieben usw. Hat sogar die Absicht geäußert, uns hinterherzufahren. Aber das hat er dann nicht gemacht.“

„Mario hat genau das Gegenteil behauptet. Erst heut morgen.“

„Mario?“

„Hört mal“, meldete sich dieser. „Ich bin ein dummes Schwein. Ein Arschloch bin ich. Schuld daran ist nur das Scheißgeld. Verdammt nochmal! Wenn ich gewußt hätte... Ich hab Pearl nicht umgebracht...“

Schwankend stand er auf.

„...Sie war dagegen... Sie wollte nicht, daß ich mitmachte... Hab nicht auf sie gehört... Darum war sie so nervös ... und weil sie so nervös war ... Versteht ihr? Sie war nicht voll bei der Sache ... Hat den Sprung verpatzt und ist abgeschmiert ... Wegen diesem verdammten Scheißgeld ...“

„Welches Geld?“

„Was ich kassiert habe.“

„Wann?“

„Heute morgen. Ein ganzer Packen. Hunderttausend Francs. Hab damit meine Schulden bezahlt ... Können Sie fragen, ob das stimmt oder nicht ... ob ich meine Schulden bezahlt habe ... na ja, einige ...“

„Ich weiß.“

„Ach ja? Gut. Und dann war da noch dieser Anruf.“

„Welcher Anruf?“

„Jemand hat angerufen und mir gesagt, was ich machen mußte für das Geld, das für mich in La Piste lag.“

„Jaja. Wenn man Sie nach Jacquier fragt, antworten, daß er Ihnen ins Ausland gefolgt ist und Sie ihn dort aus den Augen verloren haben. Stimmt's?“

„Stimmt genau.“

„Und Sie haben mitgemacht!“

„Na klar! Hundert Riesen! Ist nicht die Welt, aber in dem Augenblick kam mir das verdammt nochmal sehr zupaß.“

„Hornochse! Sie wissen wohl nicht, was ein Schlitzohr ist? Das war genau der richtige Augenblick! Hätten daraus 'ne positive Eigenschaft machen können. Sie sollten dieses Märchen doch nur erzählen, weil Jacquier verdammtes Pech gehabt hat. Geld behalten, aber nicht mitmachen!“

„Jaja“, brummte Mario. „Schlitzohr! ... Wo wir schon mal dabei sind, kann ich gleich alles erzählen, oder? Man hat mir noch mehr Geld versprochen, wenn ich mich genau an die Anweisungen halte. Natürlich hab ich mir so was Ähnliches gedacht, daß Jacquier Pech gehabt hat, wie Sie's nennen ... War mir aber scheißegal. Schließlich hatte er's fertiggebracht, mit Pearl zu schlafen, wenn Sie's genau wissen wollen! So. Und jetzt haun Sie ab. Ich hab alles gesagt, was ich weiß.“

„Nur noch nicht, wer Sie angerufen hat.“

„Aber den kenn ich doch nicht!"
„Ein Mann?"
„'Ne Stimme wie'n Möbelpacker."
Ich fuhr mit dem Taxi nach Hause. Während der ganzen Fahrt und noch vor dem Schlafengehen dachte ich angestrengt nach. Dann rief ich Hélène an:
„Gut nach Hause gekommen?"
„Danke, ja."
„Noch mitgenommen?"
„Ein wenig. Das war furchtbar."
„Gibt Schlimmeres."
„Glaub ich nicht."
„Ich glaub's für Sie mit. Gute Nacht, mein Schatz. Ach ja! Morgen ist Samstag. Dann bis Montag."
„Bis Montag. Gute Nacht, Chef."
„Werd noch nicht schlafen. Da sind nämlich noch so viele furchtbare Sachen, über die ich nachdenken muß."
Ich schlief tatsächlich schlecht. Mein armer dynamischer Detektivkopf rauchte. Um fünf Uhr machte ich endlich die Augen zu. Später erfuhr ich, daß Miß Pearl ihre etwa zur gleichen Zeit geschlossen hatte. Nur, daß sie sie nie mehr wieder öffnen sollte.

13.
Irre und kluge Köpfe

Um neun Uhr stand ich mit einem Kater erster Güte auf. Trotzdem rief ich sofort Madame Jacquier an, um ihr Bericht zu erstatten.
„Ich hab heute morgen noch keine Zeitung gelesen", sagte ich. „Ich weiß nicht, ob was drinsteht. Gestern abend hat's nämlich einen Unfall gegeben, im Zirkus..."
„Ja, ich weiß. Miß Pearl. Ist..."
„Ich konnte vorher mit den Akrobaten sprechen. Ihr Mann

war nicht mehr bei ihr. Letzten November ist er ihr nach London gefolgt, dann nach Brüssel und wieder nach London. Anscheinend in England geblieben. Sieht aus, als hätte er sich jetzt in eine Kunstreiterin verknallt."

„Also wirklich!"

„Ja. Ich werd meinem Korrespondenten nach London kabeln... (Hört, hört!)... und Sie auf dem laufenden halten."

Dann sah ich nach, ob ich immer noch Jacquiers Foto hatte. Entschuldigen Sie bitte wegen der Kunstreiterin, *Sir,* aber die Lebenden müssen was zu beißen haben. Das Foto von Miss Pearl warf ich in eine Schublade, nachdem ich es mir noch einmal lange angesehen hatte. Dann ging ich in die Rue de la Perle. Ich hatte ein paar Fragen an die Arbeiter der Gießerei Larchaut.

Ihre Umrisse zeichneten sich wieder vor demselben glutroten Hintergrund der brennenden Öfen ab. Läppische 1700 Grad! Wie hatte der eine Arbeiter noch gesagt? 'Sollte man nicht die Finger reinstecken'! Der Mann, der mit seinem langen Löffel den teuflisch brodelnden Pot-au-feu abgeschöpft hatte, erinnerte mich an den Teufel selbst. Wenn der einen ruft, muß man den Löffel abgeben. Ohne Schwierigkeiten bekam ich Namen und Adresse des Unglücklichen, der im letzten November verrückt geworden war. Charles Sébastien, Rue Meslay. Ich erfuhr auch noch, um welche Krankheit es sich bei ihm handelte und wie sie sich äußerte. Offenbar hatte er Angst vor dem Feuer. Also wirklich, für einen Gießer, hm? Nicht gerade günstig. In dem Beruf ist man besser Pyromane als Pyrophobe.

Auf in die Rue Meslay.

* * *

Eine alte Frau öffnete die Tür. Sie sah dem Dienstmädchen von Madame Jacquier ähnlich. Ihre Schwester.

„Ist Monsieur Charles Sébastien zu Hause?" fragte ich.

„Mein Gott!... er ist da... ja..."

Ich setzte eine entsprechende Miene auf:

„Ohne da zu sein... Ich weiß. Darf ich reinkommen?"

In der Wohnung machte ich ihr mit besonders schönen Worten klar, daß ich das Recht hatte, sie über den Geistesgestörten auszufragen und mir ihn selbst anzusehen.

Der kranke Sébastien hatte drei Monate in einer geschlossenen Anstalt zugebracht. Als seine Wahnvorstellungen nachgelassen hatten, war er wieder nach Hause gekommen, zu seiner Mutter und seiner Tante.

„Sie nehmen ihn uns doch nicht wieder weg?“ fragte sie ängstlich. „Er ist ganz vernünftig. Wissen Sie, es macht einen kaputt, einen von der Familie in der Anstalt zu haben... Wir opfern uns für ihn auf, nur um ihn bei uns zu behalten...“

Ich beruhigte sie. Dann wollte ich den Kranken sehen.

„Kommen Sie.“

Sie öffnete die Tür.

„Du hast Besuch, Charles, mein Kleiner.“

Ich betrat hinter ihr einen luxuriösen Raum mit hübschen Möbeln. Die größte Überraschung für mich war ein Fernsehgerät. Die Alte hatte wohl meinen erstaunten Blick durchs Zimmer wandern sehen.

„Wir sind ärmer, als es scheinen mag, Monsieur. Meine Schwester war gezwungen, in ihrem Alter eine Stellung anzunehmen, bei der ehemaligen Chefin ihres Sohnes. Eine nette Frau. Vielleicht ein bißchen verrückt...“

Sie verstummte und fuhr sich mit der Hand an den zahnlo sen Mund.

„...Äh...na ja...alles, was Sie hier sehen, der Fernseher und alles, das stammt aus der Zeit, als er noch gearbeitet hat.“

„War er ein guter Arbeiter?“

„Ein hervorragender.“

„Sicher gut bezahlt?“

„Er machte viele Überstunden. Oft, ja. Nachtschicht.“

„Ja, ja, natürlich.“

Du verdammter Sébastien, du! Überstunden! Du wirst keine mehr machen. Trotzdem krampfte sich mir bei seinem Anblick das Herz zusammen. Von seinem Ledersessel aus starrte er auf den milchig weißen Bildschirm des Fernsehers. Ein junger Mann mit guter Figur, kaum fünfunddreißig Jahre, aber mit den Haaren eines Greises.

„Sehen Sie, wie vernünftig er dasitzt“, flüsterte seine arme alte Tante.

Ich holte ein Foto aus meiner Tasche und näherte mich dem Verrückten.

„Ich möchte mit Ihnen reden, Sébastien“, sagte ich und berührte seinen Arm.

Er sah mich stumm an.

Unvermittelt hielt ich ihm das Foto vor die Augen.

„Jacquier“, erklärte ich.

Er grunzte. Wie ein kleines Ferkel, ein ganz kleines Ferkel.

„Was war das für ein Name?“ fragte die Alte. Jetzt bedauerte sie es, mich reingelassen zu haben.

„Jacquier. Der Name seiner Chefin. Oder des Ehemanns seiner Chefin.“

Sie schüttelte traurig den Kopf:

„Das dürfen Sie nicht, Monsieur“, sagte sie vorwurfsvoll. „Er mag diesen Namen nicht. Obwohl Madame immer so gut zu ihm war!“

„Geisteskranke leben in ihrer eigenen Welt... Also, ich glaube, ich geh jetzt. Er macht einen ruhigen Eindruck...“

„Oh, das ist er, Monsieur!... Er ist ganz ruhig. Nicht wahr, Charles, du bist lieb, mein Kleiner, du bist immer so lieb.“

Bei der Bemutterung drehte sie mir den Rücken zu. Ich steckte mir die Pfeife in den Mund und riß ein Streichholz an.

„Um Himmels willen!“ schrie die Alte und drehte sich zu mir um. „Wissen Sie das denn nicht? Das Feuer...das Feuer!...“

Der Kranke bäumte sich in seinem Sessel auf, als hätte er einen elektrischen Schock bekommen. Sein Gesicht drückte furchtbaren Schrecken aus. Dann raufte er sich mit den verkrümmten Fingern das weiße Haar und fing schauerlich an zu heulen.

* * *

Am selben Abend läutete ich um neun Uhr in der Rue de Thorigny. Aber nicht die bejammernswerte Mutter von Charles Sébastien öffnete die Tür. Ich atmete auf. Seit der Morgenvorstellung war mir überhaupt nicht danach, irgendeinem Mitglied dieser Familie über den Weg zu laufen. Also, nicht Madame Sébastien öffnete, sondern eins der üblichen Dienstmädchen, die ich schon bei meinem ersten Besuch hier gesehen hatte. Ich nannte ihr meinen Namen und fügte hinzu, Mademoiselle Odette erwarte mich, aber wenn Madame Jacquier zu sprechen sei, würde ich ihr gern meine Aufwartung machen. Jean Mareuil höchstpersönlich hätte sich nicht vornehmer ausdrücken können.

„Madame ist ausgegangen", gab mir das Mädchen Auskunft. Wie sich das trifft! Mademoiselle jedoch sei auf ihrem Zimmer. Und wie sich das erst trifft!

„Krank?"

„Nein, Monsieur. Wenn Monsieur mir folgen wollen..."

Ich folgte ihr. Sehr hübsche Beine. Die Strümpfe etwas zu fein für den Anlaß. Eher für den Ball der tugendhaften Herzen.

Sie klopfte an Odettes Zimmertür.

„Schließt sie sich jetzt ein?" fragte ich.

„Ja, Monsieur."

„Wird auch höchste Zeit."

Das Mädchen prustete fast los. Dann ging sie mit dem Mund näher an die Tür und sagte etwas. Daraufhin erschien Odette im Türrahmen.

„Bitte kommen Sie rein."

Sie trug einen Morgenmantel über einem blaßgrünen Seidennachthemd. Sie wirkte erschöpft, schien sich immer noch nicht von der Aufregung erholt zu haben.

„Setzen Sie sich. Kann ich Ihnen etwas anbieten?"

„Nein, danke."

Dafür setzte ich mich.

„Sie sind eine kleine Lügnerin", sagte ich.

Sie wurde blaß.

„Ich?"

„Wen könnte ich wohl sonst hier meinen? Ja, Sie. Er heißt nicht Jean. Ich hab seinen Vornamen bestimmt gehört. Hab ihn aber vergessen. Jedenfalls war's nicht Jean. Sie wissen doch, von wem ich rede?"

„Von... von... sicher nicht von Monsieur Mareuil."

„Nein, nicht von Mareuil. Ich rede von Latuit. An seinen Familiennamen erinnere ich mich nämlich sehr genau. Latuit, die Schwuchtel, der Ausbrecher von Fresnes, Mörder von Cabirol, der Schwule mit dem Januskopf, beidhändig, heute hier, morgen da. Der weiß ein hübsches Kind wie Sie bestimmt zu schätzen..."

„Wie können Sie..."

„... das wissen?"

„Ich frage Sie nicht, was Sie wissen oder nicht", schrie sie. „Ich frage Sie, wie Sie es wagen können, mich derart zu beschuldigen?"

„Aber ich beschuldige Sie doch gar nicht, meine Liebe. Ich stelle nur fest. Mehr nicht. Ich stelle fest, daß Sie ein Opfer sind. Und weil Sie eine Dummheit nach der anderen begehen, sitzen Sie so tief in der Patsche, daß man Sie bald nicht mehr rausziehen kann. Hören Sie..."

Ich stand auf, ging zu ihr hin und fragte mit leiser Stimme:

„Ist er da?"

„Es ist niemand da", empörte sie sich.

„Trotzdem, ich spreche lieber leise. Hören Sie..."

Ich nahm sie in meine Arme. Sie zitterte. Ich flüsterte ihr ins Ohr:

„Er war ihr Liebhaber, bevor er in den Knast kam. Sie müssen ihn durch Cabirol kennengelernt haben. Sie kannten Cabirol als Freund ihres Vaters. Latuit hatte mit Cabirol zu tun, wie Gauner und Hehler miteinander zu tun haben. Neulich war er in der Rue Francs-Bourgeois, als sie auch dort waren. Ich glaub nicht, daß Sie bei dem Mord dabeiwaren. Aber er, er hat mitgekriegt, wie Sie sich mit Cabirol gestritten haben. Er hat ihn getötet, teils wegen Geld, teils aus Eifersucht. Beide Gefühle gaben ein explosives Gemisch. Und jetzt erpreßt er Sie. Droht zu erzählen, daß Sie dabeiwaren. Nach dem Mord hat er sich im Haus von Isabeau von Bayern verkrochen. Wollte warten, bis daß sich die Aufregung legen würde. Leider wurde er von Badoux aufgescheucht. Und leider mußte Badoux sterben. Also hat er hier Zuflucht gesucht. Ich will nicht sagen, daß solche Häuser nur aus Hinterkammern und heimlichen Treppen bestehen. Aber man kann sich ganz gut verstecken, in den Ecken. Vor allem, wenn sich die Gangsterbraut im Zimmer einschließt. Das hat er von Ihnen verlangt. Und er hat noch was anderes verlangt..."

Plötzlich entkrampfte sie sich in meinen Armen. Sie weinte. Ich schüttelte sie, fuhr aber fort, ihr ins Ohr zu flüstern, einer hübschen Muschel, verführerisch duftend:

„Antworten Sie, verdammt nochmal! Ich hab's eilig! Geben Sie's zu... Geben Sie doch zu, daß ich richtig liege!"

Sie ging mit dem Kopf zurück und sah mir ins Gesicht. Sie weinte noch immer. Ihre feuchten Augen leuchteten auf. Sie seufzte:

„Ich weiß es nicht... weiß es nicht..."

„Aber ich weiß es. Wenn Latuit hier ist, dann hab ich richtig kombiniert. Ist er hier?"

„Ja", hauchte sie nach kurzem Zögern.

Ich nahm ihren Kopf in meine Hände und brachte ihr Ohr wieder an meinen Mund:

„Sie müssen Schluß damit machen. Sie können ihn nicht wie ein Klotz am Bein mit sich rumschleppen. Er hat getötet. Cabirol, Badoux. Sie müssen ihn loswerden. Wollen Sie das?"

Sie antwortete nicht. Ich ließ sie los und ging einen Schritt zurück.

„Holen Sie ihn her", befahl ich ihr hart. „Ich hab mit ihm ein Wörtchen zu reden."

„Bin schon da, M'sieur!" Eine gemeine Stimme, breit und schleimig. „Drehn Sie sich 'n bißchen um, bitt'schön."

Ich gehorchte. Als erstes sah ich eine dicke Kanone mit einem Schalldämpfer, die direkt auf meine edlen Teile zielte.

* * *

Aber er sah natürlich genau dasselbe. Als sähe er in den Spiegel. Nur daß ich nicht so eine dreckige Visage habe. Dafür hab ich zwei gesunde Hände. Während ich getan hatte, was er von mir verlangte, hatte ich ebenfalls meine Kanone rausgeholt. Die beiden Schießeisen hielten sich gegenseitig in Schach.

„Wir stehen punktgleich", lachte ich. „Hören wir auf mit dem Zirkus, und stecken wir unsere Artillerie wieder weg."

„Ich behalt meine", knurrte er.

Das einzige, was an Latuit nicht zerknittert war, war sein Anzug. Erstaunlich. Isabeau von Bayern hatte keinen modernen Komfort zu bieten. Aber der junge Mann wußte wohl, was eine gepflegte Erscheinung wert ist. Sein Anzug jedenfalls konnte sich sehen lassen. Alles andere aber sah zerknautscht aus: Haut, Nase, Augen, Mund. Der Prototyp eines blassen Gangsters, dem das Böse aus allen Poren dringt. Wie man sich so einen vorstellt, ohne ihm je begegnet zu sein. Nur ich, ich begegne diesen seltenen Exemplaren auf Schritt und Tritt.

„Wie du willst", sagte ich. „Ganz schön blöd. Wir werden doch wohl nicht hier rumballern, hm? Dann müßten wir schon völlig behämmert sein..."

Ich steckte die Waffe wieder ein.

„...Ich bin hergekommen, um mit dir zu reden, Latuit. Darf man sich setzen? Könnte länger dauern."

Wir setzten uns. Eine hübsche kleine Runde zu dritt, im Freundeskreis sozusagen. Odette knetete nervös ihre Finger.

„Woher haben Sie gewußt, daß ich hier bin?" fragte der Spitzbube. Das Sie konnte einem den Nerv töten.

„Ich hab einfach zusammengerechnet. Hin und wieder spiel ich Buchhalter. Als ich hörte, daß der tote Badoux dich aus deinem Unterschlupf vertrieben hatte, dachte ich, du wärst dann bald erledigt. Passierte aber nicht. Also hattest du 'ne andere Bleibe gefunden. Und zwar weder bei Freunden noch in einem drittklassigen Hotel. Denn beides hattest du von Anfang an vermieden. Dazu, sozusagen gleichzeitig, erwischt Mareuil seine Verlobte *in flagranti*, auf frischer vorehelicher Tat. Mit einem Kerl, der aussieht wie 'n Gauner. Sofort kommt mir Fresnes in den Sinn. Warum? Mareuils Spezialitäten sind Scherzartikel. Und die werden in Gefängnissen hergestellt. Ich will dir sogar eins sagen, Latuit: Mareuil fährt bestimmt häufig nach Fresnes, um seinen Krempel abzuholen. Und bestimmt macht er sich so seine Gedanken darüber. Und zusammenrechnen kann er auch. Vielleicht hat er dich da gesehen und hier wiedererkannt. Schön. Also, wie ich schon sagte: mir kommt Fresnes in den Sinn, und ich sage mir: wenn Latuit tatsächlich von Mareuil bei Odette Larchaut erwischt worden ist, dann hat er sich bei ihr verkrochen."

„Und weiter?"

„Ich bin hergekommen, um meine Überlegungen zu überprüfen. Sie haben die Prüfung bestanden."

Er nickte anerkennend:

„Tüchtig, tüchtig."

„Wie immer", lächelte ich.

„Und was haben Sie eben der Kleinen erzählt?"

„Eine Liebesgeschichte. Ihre eigene. Willst du sie hören?"

„Bitt'schön, M'sieur."

Ich erzählte im Odettes Liebesgeschichte. Bis auf die zwei oder drei letzten Sätze. Er hob die Schultern:

„Schön. Und jetzt? Sie wollten mit mir reden, M'sieur."

„Halt endlich die Schnauze mit deinem M'sieur. Oder ich nenn dich Ma'moiselle."

„Mir doch egal. Also? Was wollten Sie mir sagen?"

Kein M'sieur mehr. Er machte Fortschritte.

„Fragen wollte ich dich was: was hast du vor? Hier bleiben, für immer? Geht nicht. Und selbst wenn's geht: Unter solchen Umständen leben, dann kannst du auch gleich wieder in den Knast gehen."

„Haben Sie 'ne bessere Lösung, M'sieur?"

„Du brauchst schon 'n Haufen Kohle, um von der Bildfläche zu verschwinden. Die Flics suchen dich wegen des Mordes an Cabirol, vergiß das nicht."

Er zuckte die Achseln:

„Red keinen Quatsch."

„Wer redet hier Quatsch? Du! Du hast den Überblick verloren. Du hast den Kopf verloren. Und nachgedacht hast du auch nicht…"

„Worüber soll ich denn nachdenken, Herrgott nochmal? Da kommt so'n Kerl, den hab ich vorher zwei- oder dreimal bei Cabirol gesehen. Der hat mich nämlich am Anfang bei sich versteckt, jetzt kann ich's ja sagen. Da kommt dieser Bücherwurm und quatscht von der Polente…"

„Also machst du ihn kalt."

„Pardon, M'sieur. Nur 'ne kleine Schlägerei. Er fällt runter. Unglücksfall!"

„Von wegen! Du wirst doch wohl ein klein wenig nachgeholfen haben, oder?"

„Denken Sie, was Sie wollen. Ich pfeif drauf. Übrigens …wieso Überblick verloren? Welchen Überblick soll ich verloren haben?"

„Er war auf Schatzsuche, du Blödmann. Und diesen Schatz gibt es tatsächlich. Die Flics wollen's nicht glauben. Keiner will's glauben. Alle glauben an fliegende Untertassen und an grüne Marsmännchen. Aber zu glauben, daß die Geldsäcke damals vor zwei- oder dreihundert Jahren ihre Reichtümer vergraben haben, dafür sind sie zu ernsthaft."

„Und Sie, M'sieur? Glauben Sie daran?"

„Und wie, Ma'moiselle! Weil ich mich schon seit langem dafür interessiere. Aber ich kann nicht ganz alleine arbeiten. Also hab ich mir gesagt: wenn ich den Latuit tatsächlich da finde, wo er sich verkriecht, dann kann der mir doch ein paar Tips geben. So. Hier bin ich. Wo sind die Tips?"

„Welche Tips?"

„Du hast Cabirol gekannt. Du hast Badoux gekannt. Vielleicht hast du sie zusammen reden hören. Außerdem warst du dabei, als Badoux in Isabeaus Königsturm kam. Der ist doch sicher an eine bestimmte Stelle gegangen."

„Ich hab keine Tips für Sie, M'sieur. Cabirol hat mir nie was erzählt. Ich hab von dem Ganzen keinen blassen Schimmer. Sieht mir übrigens aus wie 'n übler Scherz."

„Wie du meinst. Hätte ich das gewußt, dann wär ich mit dir

auf den Mars geflogen. Hättest bestimmt sofort mitgemacht, so wie du aussiehst."

„Nein. Ich seh nämlich so aus wie einer, der nicht mitmacht."

„Du bist wirklich zu blöd. Na gut. Das war alles. Mehr wollte ich nicht von dir wissen. Die Sitzung ist beendet."

Ich stand auf. Odette blieb sitzen. Latuit folgte meinem Beispiel, immer noch die Kanone in der Hand.

„Denk trotzdem mal drüber nach, Latuit. Ich sprech jetzt nicht mehr vom Schatz. Ich sprech von deiner Zukunft. Du solltest dir 'ne andere Bleibe suchen. Luftveränderung. So innerhalb der nächsten acht Tage. Dann überkommt mich nämlich möglicherweise das Verlangen, meinem Freund Florimond Faroux von der Kripo Geschichten zu erzählen. Und zwar ohne Rücksicht auf Madame Jacquier oder Mademoiselle Larchaut... Ach ja! Und vergiß nicht Mareuil. Ich sag's dir: seit neulich trägt er dein Bild im Herzen. Und wenn er dich in die Gegend von Rungis einordnen kann..."

Latuit verzog den Mund. Die Knitterfalten gingen davon nicht weg.

„Jetzt reicht's, Flic. Werd drüber nachdenken."

„M'sieur. Hast du vergessen."

„Schnauze."

„Mademoiselle Larchaut, bitte öffnen!"

Wortlos stand sie auf, wankte zur Tür, öffnete sie. Ich ging rückwärts hinaus. Sie begleitete mich.

„Wird schon werden", tröstete ich sie augenzwinkernd und verabschiedete mich.

Sie brachte kein Wort heraus. Ich ging ohne Eile die imposante Treppe hinunter, die Hand auf dem wunderschönen Geländer. Genauso gemächlich schritt ich über den Vorhof. Endlich stand ich wieder auf der Straße im Herzen dieses Viertels. Früher trugen die Männer unter ihrem Wams Stahlwesten, wenn sie durch die engen Gassen schlichen. Vorsichtige Leute.

* * *

Durch die Rue Elzévir und die Rue Barbette schlenderte ich zur Rue Vielle-du-Temple. Zu dieser nächtlichen Stunde waren die Straßen menschenleer. Jedenfalls so gut wie. Von der Rue Barbette an war ich mir fast sicher, daß mir in einiger Entfernung ein Schatten folgte. Als ich dann vor Isabellas Turm stehenblieb, sah ich aus den Augenwinkeln, wie sich der jetzt schon vertraute Schatten in eine Häuserecke drückte und wartete.

Ich weiß nicht, welche Behörde (städtisch, regional, national) für das Vorhängeschloß vor der kleinen Tür zuständig war. Aber seit dem Tod des jungen Badoux war es noch nicht durch ein neues ersetzt worden. Wahrscheinlich eine Geldfrage. Ein einfacher Holzkeil war an seine Stelle getreten.

Im Viertel herrschte die übliche Stille. Einige Autos, aber sehr wenige Fußgänger. Als weit und breit keiner mehr zu sehen war, ging ich in die Ruine. Mit meiner Taschenlampe leuchtete ich mir den Weg zu dem entferntesten Winkel, so schnell es der Zustand des Bodens zuließ. Dort an der hinteren Mauer blieb ich stehen. Minuten verstrichen. Ein Auto fuhr vorbei, dann ein knatterndes Motorrad. Ich beobachtete die Tür. Plötzlich wurde sie geöffnet, wieder geschlossen. Vor der Helligkeit der Straßenbeleuchtung zeichnete sich eine Gestalt im Türrahmen ab. Dann war alles wieder dunkel.

„Ich bin hier, Latuit", rief ich.

Ein abgrundtiefer Seufzer:

„Sie, Burma?"

„Ja, M'sieur. Hast du endlich doch noch kapiert, daß ich ohne die dumme Gans mit dir reden wollte?"

Hatte ihm der Tiervergleich nicht gefallen? Jedenfalls machte er etwas, womit ich nicht gerechnet hatte. Ein kurzer Knall. Nicht lauter, als wenn man eine Papiertüte knallen läßt. Der Revolver spuckte Feuer, zusammen mit einem Geschoß, das für mich bestimmt war. Mauerwerk bröckelte ab. Bauschutt. Der Geruch von Staub vermischte sich mit dem von Kordit. Zum Glück hatte ich vorher lautlos die Position gewechselt. Ich erwiderte das Feuer. Notwehr. Ein dumpfer Klagelaut, dann ein lautes Getöse, wie ein Erdrutsch. Getroffen. Der Sturz besorgte den Rest. Wie bei Badoux.

Ich kauerte mich hin. In meiner Brust klopfte ein hundert Kilo schweres Herz zum Zerspringen. Ich war schweißgebadet, zitterte am ganzen Körper. Wenn in zehn Minuten nicht eine Menschenmenge mit den dazugehörigen Flics den Ort hier belagerte, wollte ich mich aus dem Staub machen. Im entgegengesetzten Fall auch.

Die zehn Minuten waren vorbei. Noch weitere fünf. Schwankend ging ich hinunter, um nach Latuit zu sehen. Jetzt war er völlig zerknittert. Ich leerte seine Taschen und drückte ihm einen Hundertfrancschein in die Hand. Dann machte ich, daß ich rauskam. Den Revolver mit dem Schalldämpfer nahm ich mit. Den hatte der Tote sich bestimmt nicht in Fresnes besorgt.

* * *

Sonntags erscheinen keine Zeitungen. Aber sie bringen alle eine mehr oder weniger sportliche Wochenendausgabe heraus. Im *Crépuscule* las ich:

Roger Latuit, der aus der Haftanstalt in Fresnes ausgebrochen war und bisher nicht wieder gefaßt werden konnte, wurde das Opfer einer Abrechnung der Unterwelt. Seine Leiche wurde in der Ruine der Tour Barbette gefunden. Wie jetzt bekannt wurde, war Latuit der Mörder von Samuel Cabirol, dem Pfandleiher und Hehler aus der Rue des Francs-Bourgeois. Offenbar hatte er sich nach dem Mord in der Ruine versteckt, um der Rache der Unterwelt zu entgehen. Aber man hat ihn aufgespürt. Latuit wurde aus seinem Loch vertrieben, als die Leiche von Maurice Badoux, dem harmlosen Schatzsucher, gefunden wurde. Wo er sich seitdem aufgehalten hat, ist nicht bekannt. Möglicherweise hat Latuit auch mehrere Einbrüche im Marais begangen.

Die Polizei, die sich bis jetzt mit Informationen zurückgehalten hat, kann heute über diese geheimnisvollen Ereignisse ihr Schweigen brechen. So steht inzwischen fest, daß es sich bei Maurice Badoux nicht nur um einen Unfall handelte. Der junge Gelehrte wurde von Latuit verletzt. Vielleicht hätte er überlebt, wäre er nicht der Sicherheit des Verbrechers geopfert worden. Einer sehr wackligen Sicherheit, denn die Unterwelt hat ihre eigene „Polizei", die leider manchmal der Polizei der anständigen Leute überlegen ist. Latuit, der Cabirol vermutlich deshalb umgebracht hat, weil dieser ihm eine vor Haftantritt anvertraute Summe nicht wiedergeben konnte, stand auf der „Liste". Cabirol hatte sozusagen die Interessen der mächtigen Banden vertreten. Für diese organisierten Banden mußte sein Ableben die nachteiligsten Folgen haben, wie man an dem Beispiel der Gang von Henri Drouillet gesehen hat. Also mußte Roger Latuit büßen. Eine Banknote in der Hand des Toten deutet auf diese Art Abrechnung hin.

14.
Nylonslip und Teddybär

Als ich am Montagmorgen in die Agentur kam, blitzte mich Hélène mit ihren ausdrucksvollen Augen an:

„Hab's in der Zeitung gelesen", sagte sie. „Das hat sich ja mit einem Schlag erledigt!"

„Mit einem Schlag, ja."

Ich ging weiter in mein Büro, legte einen Revolver und ein Foto auf den Tisch, dazu eine rosa Papiertüte mit der hellblauen Aufschrift ROSY-ANNE, *Damenunterwäsche, Strümpfe*. Ich setzte mich, stopfte mir eine Pfeife, betrachtete Pistole, Foto und Nylonslip, legte alles in eine Schublade. Nur die Pfeife behielt ich im Mund. Dann schnappte ich mir den Telefonhörer. Das schüchterne, leise „Hallo" am anderen Ende der Strippe kam von Odette.

„Hier Nestor Burma."

„Oh!... Guten... Guten Tag...ich..."

„Ja. Sie haben jetzt nichts mehr zu befürchten."

Schweigen.

„Hallo? Sind Sie noch dran?“ fragte ich.
„Ja.“
„Kommen Sie bitte zu mir ins Büro. Ich hab hier noch was für Sie.“

* * *

Zusammen mit einem frühlingshaften Sonnenstrahl drang das Geräusch heiterer Betriebsamkeit von der Rue des Petits-Champs durchs offene Fenster. Irgendwo zwitscherte ein Kanarienvogel in seinem Käfig.

Sie trug ein gutgeschnittenes schwarzes Kostüm. Eins von den Modellen mit seitlich geschlitztem Rock, unter dessen Jacke nichts oder fast nichts getragen wird. Ein tiefes Dekolleté, hübsch, vielversprechend. Hübsche Beine, hübsches Gesicht.

„Sie haben doch sicher Zeitung gelesen, oder?“
„Ja. Ich..“
„Das wär also erledigt. Verlangen Sie bitte keine Erklärungen von mir. Begnügen Sie sich mit dem, was in den Zeitungen steht. Aber ich wollte es Ihnen nochmal unter vier Augen sagen: der Alptraum sollte vorbei sein.“
„Ich...ich weiß nicht, wie...ich weiß gar nicht, was ich sagen soll.“
„Sagen Sie lieber nichts. Könnte ’ne Lüge werden.“
„Lüge?“
Ich lächelte:
„Wie allgemein üblich. Sie haben mich ein ganz klein wenig belogen. Ich hab Sie ein ganz klein wenig belogen. Also...“
„...sind wir quitt?“
„Fast. Sie bekommen von mir nämlich noch etwas, was Sie hier vergessen haben, neulich, in der Eile und in der Aufregung. Im Fieber. Deshalb hab ich Sie hergebeten...“
Ich öffnete die Schublade:
„...unter anderem. Ich wollte Sie außerdem nochmal sehen. Vielleicht zum letzten Mal. Sie sind so schön! Sonst ist alles so häßlich, und wenn man schon einmal etwas Schönem

begegnet... Schöne Frauen gibt's nicht so oft. Sie. Meine Sekretärin. Martine Carol. Miss Pearl, vielleicht... ja, doch, bestimmt..."

Ich nahm ein Foto aus der Schublade und reichte es ihr. Sie nahm es in ihre schmale, zitternde Hand. Nachdem sie es lange betrachtet hatte, sah sie mich mit feuchten Augen an:

„Das ist Miss Pearl?"

„Ja."

„Sie ist wirklich sehr schön."

„Sie war..."

Odette rutschte nervös hin und her.

„Ja, richtig... ich... War es das, was ich vergessen hatte?"

„Nein. Sie haben Ihr... na ja, Ihr Dings hier vergessen."

Ich nahm die Tüte aus der Schublade, den Slip aus der Tüte.

„Mein Gott! Stimmt ja! Das hatte ich tatsächlich ganz vergessen."

Sie legte das Foto auf den Schreibtisch.

„Entschuldigen Sie bitte, daß ich es Ihnen nicht schon eher zurückgegeben habe", sagte ich. „Aber ich dachte mir, Sie werden noch mehrere davon besitzen. Außerdem hat mich das zum Träumen gebracht. Oh, nicht so, wie Sie meinen. Nein... Hier! Nehmen Sie's mit. Ich behalte nur den Kassenzettel. Zur Erinnerung. Steht alles drauf. Preis, Nummer der Verkäuferin, Datum. Sehr interessant übrigens, das Datum. Ich hab Sie unten getroffen, *ganz zufällig*. Sie hatten soeben diesen allerliebsten Stoffetzen gekauft. Das war am... warten Sie... 6. April. Auf dem Zettel steht 5-4... das Datum. 5. April! Sieh an! Sie haben den Slip also schon einen Tag vorher gekauft... bevor wir uns trafen, *ganz zufällig*. Vielleicht wollten Sie ihn ja auch umtauschen..."

Sie lachte nervös:

„Ja, ja, natürlich. Hab ich Ihnen das nicht erzählt?"

„Zu schnell."

„Was ‚zu schnell'?"

„Sie tappen zu schnell in die Falle. Aber ob Sie tappen oder nicht, egal. Hören Sie mir mal gut zu. Ich hab Ihnen gesagt, daß Sie nichts mehr zu befürchten haben. Ich sag's nochmal.

Alles ist so gekommen, wie es kommen mußte. Latuit, der Mörder von Cabirol und Badoux, ist tot. Aber ich möchte, daß zwischen uns völlige Klarheit herrscht. Sie haben diesen Slip in der Rue des Petits-Champs gekauft, um zu rechtfertigen, daß Sie sich hier rumtrieben. Und zwar am 5., weil Sie vom 5. an um mein Büro herumgeschlichen sind in der Absicht, mich *ganz zufällig* zu treffen. Am 5. haben Sie mich nicht gesehen, also sind Sie am 6. wiedergekommen. Sie wären auch am 7. nochmal wiedergekommen. Aber wir haben uns schon am 6. getroffen. Reiner Zufall. Aber man sollte nie mit dem Zufall spielen. Durch einen wirklichen Zufall haben Sie den Slip hier bei mir vergessen. Denn dieses Wäschestück hatte seine Schuldigkeit getan, hatte den Kontakt zu mir hergestellt. Jetzt war er für Sie nicht mehr wichtig. Offensichtlich haben Sie nicht mehr an den Kassenzettel gedacht."

Sie kämpfte einen verlorenen Kampf:

„Mit anderen Worten, ich hab Ihnen etwas vorgespielt?"

„Genau."

„Und warum?"

„Weil Sie Cabirol getötet haben."

Sie stöhnte leise auf und sackte auf ihrem Sessel zusammen. Ihr Gesicht war wachsbleich.

„Und werden Sie nicht wieder ohnmächtig. Vielleicht gelingt Ihnen heute keine so perfekte Darbietung wie neulich."

Sie wurde nicht ohnmächtig. Keine Spur! Ganz im Gegenteil! Sie sprang auf und stand vor mir, beide Hände auf den Schreibtisch gestützt, das Gesicht ein paar Zentimeter vor meinem. Der Busen wogte unter der Kostümjacke. Völlig außer sich fauchte sie:

„Natürlich! Ich hab ihn umgebracht. Und wissen Sie auch, warum? Wegen etwas, was jetzt endgültig vorbei ist. Weil er meine Hochzeit mit Mareuil verhindern wollte. Er wollte mich für sich ganz alleine. Ja, ich hab mit ihm geschlafen. Nur zu, sehen Sie mich ruhig an! Ein sauberes Früchtchen, hm? Cabirol, Latuit. Ich hab immer nur mit Dreckskerlen geschlafen. Und wenn ich ein Bad nehme... ja, das werd ich wohl müssen, tausend- und abertausendmal baden. Auf der Straße merk ich manchmal, daß meine Brust die Blicke auf sich zieht. Einmal sagte ein Mann im Vorbeigehen leise zu mir: ‚Oh! Was für schöne Dinger!'"

Plötzlich rief sie:

„Niemand hat sie gesehen..."

Sie riß sich ihre Jacke auf. Der Knopf fiel zu Boden. Ich sah ihre nackten Brüste, die ein heftiger Sturm emporzuheben schien.

„Niemand...wenn die dreckigen Pfoten von Cabirol sie befummelt haben. Cabirol! Latuit! Sie ekeln sich vor mir, nicht wahr? Sie haben sich immer schon vor mir geekelt. Ich brauchte nicht mal was zu sagen, neulich, als ich im Bett lag. Sie haben auch so gemerkt, daß ich mich anbot. Und ich hab sehr wohl gemerkt, daß Sie auch...wenn Sie sich nicht so sehr vor mir ekeln würden."

„Im Leben", sagte ich, „hab ich mich bis jetzt nur vor einem tatsächlich geekelt: vor Cabirol."

Aber sie hörte mir gar nicht zu. So gut es ging, brachte sie ihre Jacke wieder in Ordnung. Dann ließ sie sich in den Sessel fallen. Ihr Gesicht war schweißbedeckt. Mit verzerrtem Gesicht zeigte sie zum Telefon:

„Los! Rufen Sie die Flics an."

„Halten Sie die Klappe! Ich will auch mal was sagen. Und lassen Sie die Flics in Ruhe. Für die heißt der Mörder Latuit. Die Akte ist geschlossen. Wir werden jetzt nicht hingehen und neue Fakten liefern, damit sie die Akte wieder öffnen müssen. Die kriegen ja sonst Komplexe."

Odette atmete tief durch:

„Ich verstehe Ihr Verhalten nicht."

„Ganz einfach. Cabirol war ein dreckiges Schwein. An dem Tag, als er sich für besonders schlau hielt und einen Plüschbären als Pfand nahm, das Spielzeug eines kleinen Kindes von armen Eltern – denn die müssen ja verdammt abgebrannt gewesen sein, um so weit zu gehen – ja, an dem Tag, als er sich so schlau vorkam und einen so tollen Scherz machte, an dem Tag hatte er verschissen. Als ich nämlich diesen Teddy mitten in dem anderen Kram sah, wußte ich über den Kerl bestens Bescheid. Brauchte weder 'n detaillierten Lebenslauf noch 'ne psychologische Studie. Man hatte ihn umgebracht? Wie schön! Sollte er das doch mit seinem Mörder ausmachen. Jedenfalls würde ich keinen Finger rühren, um den Mörder hinter Schloß und Riegel zu bringen. Im Gegenteil, wenn ich mich überhaupt für ihn interessieren sollte. Die Ereignisse haben es so mit sich gebracht, daß der Mörder eines armen Naivlings zum Sündenbock wurde und für beide Morde herhalten mußte. Der Kreis war geschlossen."

Schweigen. Seufzen.

„Und nun?"

„Das ist alles. Es ist so gekommen, wie es kommen mußte. Reden wir nicht mehr drüber. Nur eins möchte ich, ich sag's nochmal: zwischen uns soll völlige Klarheit herrschen. Deshalb rekapituliere ich... Wir begegnen uns in Cabirols Treppenhaus. Sie weinen nicht. Denn wenn Sie weinen, knüllen Sie Ihr Taschentuch zu einer Kugel zusammen. An dem Tag war es aber auseinandergefaltet. Warum? Um Ihr Gesicht zu verdecken, falls man sich nochmal wiedersieht. Fast hätte ich Sie umgerannt. Ich mach eine Bemerkung über Ihren mehr oder weniger kußfesten Lippenstift. Dabei fällt Ihnen etwas ein ...äh... Was ich Sie noch fragen wollte... Ich werd dann nicht mehr wieder drauf zu sprechen kommen, aber ich möchte alles wissen. Also: Haben Sie ihm den Brieföffner ins Herz gestoßen, während er Sie küßte? Hoffentlich nicht..."

Sie verbarg ihr Gesicht in den Händen. Ich zuckte die Achseln:

„Letztlich wäre das auch nicht ekelhafter als diese dreckigen Pfoten auf Ihren Brüsten... A propos Brieföffner... Gehörte er ihm?"

„Er..."

Das Mädchen überwand einen kleinen Schwächeanfall.

„Ich bereue nicht, was ich getan habe. Werd's nie bereuen. Er lag auf dem Tisch. Ich hab ihn genommen und zugestochen."

„Also keinerlei Vorsatz?"

„Doch", sagte sie mit einer energischen Kinnbewegung. „Ich bereue nichts, wie gesagt. Ich hatte einen Revolver in meiner Tasche. Den hatte ich irgendwann mal bei ihm gefunden. Aber ich hatte Angst vor dem Lärm. Und weil der Brieföffner..."

„Ach, das wär nicht sehr laut geworden. Na ja, immerhin lauter als mit dem Brieföffner, stimmt. Die Kanone sah etwas seltsam aus, nicht wahr? Irgendetwas auf den Lauf gesteckt. Vielleicht ein Schalldämpfer?"

„Vielleicht."

Ich warf Latuits Waffe auf den Schreibtisch.

„Das Ding hier?"

„Vielleicht."

„Also: Ja oder nein?"

„Ja."

„Sie haben die Waffe bei Cabirol gefunden, und Latuit hatte sie von Ihnen."

„Ja."

„Sehr gut..."

Ich ließ den Revolver wieder in der Schublade verschwinden.

„Wußte Ihre Mutter von Ihrem Verhältnis zu Cabirol?"

„Davon wußte niemand was. Er hielt sein Privatleben geheim. Darum hatte ich beschlossen, ihn zu beseitigen. Niemand würde mich jemals verdächtigen."

„Trotzdem", warf ich ein, „haben Sie dafür gesorgt, daß kein Verdacht auf eine Frau fiel. Als ich meine Bemerkung über Ihren Lippenstift machte, riskierten Sie es nach kurzem Zögern, zurückzukommen und die Spuren zu verwischen. Und da fanden Sie mich, etwas benommen."

„Ja."

„Sie fragten sich, wer ich wohl war. Streiten Sie es nicht ab! Ich hab gemerkt, daß ich durchwühlt wurde."

„Ja, ich habe... ich habe Ihre Brieftasche durchsucht... und Ihren Namen in den Papieren gelesen..."

„Usw. usw... Sehr gut. Badoux entdeckt Cabirols Leiche. Artikel über ihn in der Zeitung. Von Nestor Burma ist aber nicht die Rede. Sicher, der benommene Detektiv war bestimmt nicht mehr in der Rue des Francs-Bourgeois, als Badoux aufkreuzte. Aber er erzählt keinem, daß er da war und was ihm passiert ist... Sie machen sich Ihre Gedanken darüber. Obwohl oder gerade weil Sie sich Sorgen machen. Denn Sie machen sich Sorgen. Nestor Burma ist sicher nicht von dem Toten niedergeschlagen worden. Also war noch jemand bei Cabirol. Einer, der Zeuge Ihres Verbrechens war. Und Sie möchten gerne rauskriegen, wer. Wenn nötig, würden Sie bis zum Äußersten gehen. Vielleicht weiß ja Nestor Burma, wer ihm eins verpaßt hat. Und weil der ebenfalls mit der Polizei Versteck spielt, kann man sich doch bestimmt mit ihm einigen. Man muß ihm nur eine hieb- und stichfeste Geschichte servieren. Dazu etwas Charme, wenn's sein muß... Aber Vorsicht! Den diskreten Charme, gutbürgerlich, verlegen, verschämt. Nichts mit Brust raus, Schenkel hoch. Später vielleicht, falls nötig. Im Augenblick werden keine Beine übereinandergeschlagen. Im Gegenteil: immer schön am Rock ziehen, um die Knie zu bedecken. Aber um hier herumschleichen zu können, bis daß wir uns über den Weg laufen, dafür brauchen Sie einen Vorwand. Und der ist schon unanständig genug, mit seinen ganz anständigen Versprechungen. Schwarzes Nylon, mit Spitzen besetzt. Ein Slip, sehr vielsagend. Kann einen Mann auf Ideen bringen. Hat mich auch tatsächlich auf Ideen gebracht, aber auf andere..."

Sie wurde rot.

„Ja, stimmt" seufzte sie. „Oh!..." Sie wurde purpurrot. „...Ich wollte sagen...das mit dem Zeugen. Stimmt genau. Ich war wirklich beunruhigt! So sehr, daß mir alles lieber war, als auf die nächste Katastrophe zu warten... Deswegen wollte ich zu Ihnen. Ich hätte besser nichts unternehmen sollen."

„Im Gegenteil. Sie hatten doch wohl verdammtes Schwein. Wenn Sie nichts unternommen hätten, wäre alles normal verlaufen. Die Flics hätten Latuit den Mord an Cabirol angehängt und ihn früher oder später eingelocht. In dem Augenblick hätte der ausgepackt, um seinen Kopf zu retten. Denn er hatte Ihnen nicht nur beim Morden zugesehen. Nachdem er mir nämlich eins verpaßt hatte, um an die Wohnungsschlüssel zu kommen und abzuhauen, ist er Ihnen im Treppenhaus begegnet. Sie sind ja nochmal zurückgekommen. Er hat auf Sie gewartet, ist Ihnen hinterhergegangen, wußte dann, wo Sie wohnen usw. Seine Absicht war klar: Sie erpressen! Hat er auch gemacht, nur früher als vorgesehen. Eigentlich wollte er warten, bis daß sich die Wogen glätten würden. Vor allem die Aufregung um seinen Ausbruch aus dem Gefängnis. Er bleibt also im Viertel, um Sie sofort bei der Hand zu haben, wenn nötig. Kurz, um wieder auf Ihr Spielchen mit mir zurückzukommen, ich sag's nochmal: Sie haben verdammtes Schwein gehabt! Zumal Ihre Märchen mit dem übereinstimmten, was Kommissar Faroux mir erzählt hat. Aber, verflixt nochmal! Mein Name, na ja, das geht ja noch... Nestor Burma... ist nicht ganz alltäglich... kann man behalten. Aber wie konnten Sie sich die Adresse meiner Agentur so gut einprägen?"

„Weiß ich nicht. Automatisch bestimmt."

Ich seufzte:

„Leider nicht. Sie haben sich die Adresse aufgeschrieben. War ja sehr wichtig für Sie. Und es gibt noch einen anderen Grund für Ihr Spielchen mit mir. Jawohl..."

Ich schlug mit der Faust auf den Tisch.

„... Und hier wird die Sache nämlich beschissen. Hier frage ich mich, was ich davon halten soll. Hier bin ich wahrscheinlich aufs Kreuz gelegt worden. Aber ich bin wie Sie: Ich bereue nichts. Was geschehen ist, ist geschehen. Ja, meine Liebe. Sie schreiben sich meine Adresse auf, weil Sie wissen, daß Ihre Mutter neulich einen Privatdetektiv engagieren wollte, um ihren verschwundenen Mann aufzuspüren, und weil Sie nicht daran zweifeln, als Sie mich bei Cabirol sehen, daß sie das auch getan hat, ohne es Ihnen zu sagen, und weil es Ihnen gar nicht paßt, daß mich die Ermittlungen zu dem Pfandleiher führen, und weil Sie das ganz genau wissen wollen."

Uff! Ich sah mich nach einem Glas um. Sätze dieser Länge machen durstig. Kein Glas in Sicht. Das hier war vielleicht eine Überraschungsparty aber kein Höhepunkt im gesellschaftlichen Leben von Paris.

„Jacquier ist seit November tot", sagte ich. „Und Sie wissen das seit November. Seine Leiche wird man allerdings nie finden."

Das war jetzt keine Komödie. Sie rutschte vom Sessel und wurde ohnmächtig. Ihr Schrei erinnerte mich an das Wolfsgeheul des irren Sébastien.

* * *

„Ich sag's Ihnen nochmal: Ich möchte, daß zwischen uns völlige Klarheit herrscht", nahm ich die Unterhaltung wieder auf.

Mit Hélènes Hilfe hatte ich Mademoiselle Larchaut wieder ins Leben zurückgeholt. Jetzt saß sie völlig niedergeschmettert im Sessel. Schmerzerfüllt bewegte sie den Kopf hin und her. Das Haar fiel ihr unordentlich ins Gesicht. Mit einer Hand massierte sie sich die Brust.

„Also: Hier in diesem Büro können Sie sich davon überzeugen, daß Ihre Mutter mich nicht engagiert hat. Alles wäre bestens. Auch wenn ich Sie nach Hause bringe und Adresse und Namen nachprüfe. Auch wenn ich bei dieser Gelegenheit Ihrer Mutter über den Weg laufe. Macht alles nichts. Guten Tag. Auf Wiedersehen. Das wär's. Das war's auch, aber da war noch was: Ich interessiere mich für Badoux, frag überall nach ihm. Ihre Mutter kennt Cabirol. Ich nehme an, Cabirol kannte Badoux. Ihre Mutter könnte mir eventuell was über Badoux erzählen. *Alea jacta est.* Endlos langes Gespräch mit Ihrer Mutter. Ich erfahr zwar nichts über Badoux, aber Ihre Mutter erfährt meinen Beruf. Und schon bin ich auf Jacquiers Spur. Zumindest damit beauftragt, mich mit ihm in Verbindung zu setzen, wenn er mit seiner Trapezkünstlerin wieder nach Paris kommt. Ihre Mutter gibt mir um so lieber den Auftrag, weil sie sich jetzt unauffällig elegant mein Schweigen kaufen kann. Sie meint nämlich, ich wär der Liebhaber ihrer Tochter. Und weil sie genausowenig will, daß die Hochzeit mit diesem Tralala-Fabrikanten platzt... Ein Auftrag für Nestor Burma! Jacquier wiederfinden! Wie ärgerlich! Was Sie anfangs befürchtet hatten, sich aber nicht bewahrheitet hat, genau das ist jetzt eingetroffen. Von Miss Pearl werde ich erfahren, daß Jacquier überhaupt nicht mit ihr abgehauen ist. Und bei weiteren Nachforschungen werde ich ziemlich üble Dinge rauskriegen. Was tun? Eine Verzweiflungstat: den Zirkusleuten Geld geben, damit die erzählen, sie hätten Jacquier irgendwo im Ausland aus den Augen verloren. Die Spur wäre verwischt. Aber womit bezahlen? Geld haben Sie keins. Jedenfalls nicht genug. Kein Geld? Doch. Es fällt Ihnen sozusagen in den Schoß."

Sterntaler fuhr erschreckt zusammen. Dabei wollte ich gar nichts Schreckliches sagen. Ich holte tief Luft und fuhr pfeifestopfend fort:

„Latuit wird aus Isabeaus Turm vertrieben. Flüchtet zu Ihnen. Droht Ihnen, Ihr Verbrechen anzuzeigen, wenn Sie ihm nicht drei Wünsche erfüllen: Unterkunft, Verpflegung und den Rest. Denn die Geschichte, hm?, die ich Ihnen am Samstag geliefert habe und auf die Sie sofort erleichtert angesprungen sind, das war ein Märchen. Ich mußte Sie dazu bringen, mir zu sagen, ob Latuit nun bei Ihnen war oder nicht. Durfte aber meine Trümpfe nicht auf den Tisch legen. Also: Unterkunft, Verpflegung und den Rest. Und Mareuil erwischt Sie und macht Schluß. Zu den drei Wünschen von Latuit kommt noch ein vierter: Sie haben nämlich auch einen. Latuit hat Sie zwar in der Hand. Aber Sie kriegen ihn trotzdem irgendwie dazu, bei Mareuil einzubrechen. Sie wissen, daß dort immer 'ne Menge Geld rumliegt. Mit Ihrem Anteil schließen Sie den Akrobaten den Mund. Besser gesagt, Sie öffnen ihn im bekannten Sinne. Sie hinterlegen das Geld in dem Hotel, in dem Miss Pearl *and partner* wohnen werden. La Piste. Das wissen Sie von Jacquier, der Ihre Mutter tatsächlich betrogen und wohl irgendwann mal davon gesprochen hat. Dann rufen Sie Mario an, geben ihm Anweisungen. Mit der Stimme eines Möbelpackers, hat Mario gesagt. Von wegen! Am Telefon kann man seine Stimme wunderbar verstellen. Mario hat mir alles erzählt. Er war so sehr von dem Sturz seiner Frau erschüttert! Die Schuld daran gab er Ihrem Geld.

Hat mich netterweise auf die richtige Spur gebracht."

Ich zündete meine Pfeife an und stieß etwas Rauch aus, um die Atmosphäre zu verbessern.

„Vielleicht hat Ihre Mutter die größte Schuld. Völlig verdreht. Hat sich nie richtig um Sie gekümmert. Sie gehören einer Generation an, die ich nicht gerade verdammt nennen möchte, aber so ähnlich. Kinder dieser blutigen Schweinerei namens Krieg. Kinder des Zusammenbruchs, der Auflösung aller Dinge. Kinder der Okkupation. Kinder der Befreiung. Freiheit für jede Schweinerei. Ich stell mir vor, daß Sie erst seit einem gewissen Tag oder Abend im November mit Cabirol geschlafen haben. Aber Sie wußten sicher schon länger, daß Cabirol ein Gangster war. Sie waren seine Komplizin. Cabirol brauchte eine Gießerei. Und Ihnen gehört zum Teil die Gießerei Larchaut. Cabirol verscheuerte die goldene Hehlerware nicht, er ließ sie einschmelzen. Deswegen tauchte der gestohlene Goldschmuck auch nirgendwo wieder auf. Weniger Profit, aber Risiko gleich Null. Er ließ das Gold aber nicht zu Barren schmelzen, sondern stellte daraus ganz goldige Parisartikel her. Zum Beispiel diese nackte Tänzerin, deren Spitze Sie ihm ins Herz gestoßen haben. Davon gibt's Zehntausende, aber aus Kupfer. Bei Mareuil liegt auch eine auf dem Schreibtisch. Ja, und Cabirol hatte Komplizen: Sie, die zukünftige Besitzerin der Gießerei, und mindestens einen Arbeiter – ich brauch ja den Namen Charles Sébastien nicht zu erwähnen. Und eines Abends kommt Jacquier Ihnen auf die Schliche. Ich will nicht behaupten, daß Sie selbst ihn getötet haben – aber Sie waren dabei..."

Ihre Augen füllten sich mit Tränen. Ihr Kehlkopf hüpfte erregt auf und ab. Ihr Kinn zitterte wie bei einer alten Frau. Überhaupt sah sie plötzlich sehr alt und verbraucht aus.

„Nein, ich glaub nicht, daß Sie ihn..."

Ihre tonlose Stimme klang weit weg, kaum wiederzuerkennen.

„Er hat sofort begriffen... Ringe, Broschen, ein Tisch voller Gold... und wir am Schmelztiegel... Ich fiel sofort in Ohnmacht... als ich wieder aufwachte, lag er tot auf dem

Boden... Cabirol hat mich in seine Wohnung gebracht...hat mich eingeschlossen und ist wieder weggegangen...wiedergekommen... Sie hatten die Leiche in die Seine geworfen ... Ich wurde gezwungen, nichts zu sagen. Er konnte beweisen, daß ich der Täter war...ich hab nie richtig begriffen, was in jener Nacht vorging...nur daß ich mit ihm schlafen mußte...ich weiß noch, wie er sagte, so eine Gelegenheit komme nie mehr wieder...er habe seit langem darauf gewartet..."

In die Seine? Ins Wasser? Moment mal! Wofür hat man denn einen Schmelzofen, der auf eine Temperatur von 1700 Grad steigt? Wär man ja schön dumm. Cabirol war aber nicht dumm. Also hat er die Leiche des lästigen Jacquier zerstückelt und verbrannt. Cabirol war nicht verrückt, der andere ist es aber geworden. Charles Sébastien bekam von der makabren Leichenbestattung einen Schock, eine Feuerphobie. Kurz darauf verfiel er dem Wahnsinn.

Hatte das Mädchen auch nur einen Augenblick lang so was vermutet? Pah! Ich würde ihr nicht auf die Sprünge helfen.

„Na schön", sagte ich laut. „Nein, Sie waren's nicht ... Hoffe ich jedenfalls."

Ich stand auf.

„Cabirol war ein Schwein. Nicht wert, daß er lebte. Latuit hat einen armen harmlosen Spinner umgebracht. Vielleicht war er auch selbst so was wie ein Opfer. Aber so viele Zwiebeln kann ich gar nicht schälen, um mir eine einzige Träne für ihn abzudrücken. Der tut mir nicht leid. Nur das mit Jacquier ging mir gegen den Strich. Aber den hat Cabirol wohl alleine auf dem Gewissen. Bleibt nur noch Miss Pearl..."

Ich nahm ihr Foto in die Hand.

„...Vielleicht wäre sie nicht tot, wenn sie stärkere Nerven gehabt hätte. Dann hätte sie den Sprung nicht verpatzt. Aber ihre Nerven waren zu schwach. Sie riet Mario davon ab, auf das Geschäft einzugehen. Sie spürte, daß sich dahinter eine Schweinerei verbarg. Und da machten ihre Nerven nicht mehr mit. Ohne Ihr Geld, Mademoiselle, wäre sie noch am Leben... Na ja, geht mich nichts an. Sie können gehen."

Ich warf das Foto auf die Schreibunterlage:

„Ach ja! Da ist noch die Sache von Samstag. Der Schlußpunkt. Ich wollte Latuit an einen abgelegenen Ort locken, um mit ihm zu reden, mir von ihm meine Vermutungen bestätigen zu lassen...vielleicht aber auch wegen was anderem...mir gingen nämlich auch keine edlen Gedanken durch den Kopf ... Ich weiß es nicht mehr...will's auch gar nicht mehr wissen..."

Ich schwieg. Könnte ich jemals die Erinnerung an diese unedlen Gedanken auslöschen? Etwa dadurch, daß ich die fünfzigtausend Francs von Cabirol der Kleinen geben würde, die ihren Teddybären verpfänden mußte? Die Adresse der Eltern würde ich schon rauskriegen...

„... Und ich werde auch nie erfahren," fuhr ich mit Grabesstimme fort, „ob Latuit mir von sich aus hinterher- und in die Falle gegangen ist, oder ob Sie ihn dazu ermuntert haben ... Und wenn Sie ihn dazu ermuntert haben, werde ich mit Sicherheit nie erfahren, ob Sie gehofft haben, daß er mich oder ich ihn umlegen würde... Ich weiß es nicht...will's auch nicht wissen..."

Sie stand auf, strich sich die schönen Haare aus dem schönen Gesicht und sah mich schweigend an. Kein Gefühl war in ihren Augen zu sehen. Ich stopfte den Nylonslip in die Tüte und schob ihr die Tüte unter den Arm. Sie kreuzte die Arme vor ihrer Jacke, um ihre nackten Brüste zu verdecken. Wie eine Schlafwandlerin ging sie zur Tür. Bei jedem Schritt blitzte Seide durch den geschlitzten Rock.

* * *

Am nächsten Tag stand im *Crépuscule* unter „Verschiedenes“:

In der Rue de Bretagne warf sich ein junges Mädchen unter einen Lastwagen. Es handelt sich um die 22jährige Odette Larchaut, wohnhaft in der Rue de Thorigny. Sie starb kurz darauf im Hospital. Offensichtlich Selbstmord. Allerdings stand der Fahrer des Lastwagens unter leichtem Alkoholeinfluß. Das Kommissariat von Marché des Enfants-Rouges hat die Ermittlungen eingeleitet.

Kinder in roten Kitteln!
Das Quartier nannte sich tatsächlich so.
Kinder in blutroten Kitteln, das paßte.

Nachgang

Die Geschäfte müssen wohl sehr schlecht gelaufen sein in der Fonderie Ancienne du Marais. Vielleicht hat Madame Jacquier nach dem tragischen Tod ihrer Tochter den Laden auch aus Gram dichtgemacht. Die Rue de la Perle jedenfalls ist längst kein Zentrum der Gießereien mehr. Die vielen kleinen Handwerksbetriebe mit ihren Hinterhof-Produktionen hat ein vor Jahren einsetzender Renovierungsboom in den nördlichen Teil des Marais abgedrängt. Vereinzelt findet man sie noch im populären Quartier am Square du Temple. In der Cité Dupetit-Thouars zum Beispiel, einer dieser engen Sackgassen, in denen die Zeit stehengeblieben ist. Ein Monsieur Hénin (der Ältere) führt dort noch eine Billard-Fabrik, und in den mit holprigem Kopfstein bepflasterten Innenhöfen türmt sich allerlei Gerät auf, das nur darauf zu warten scheint, vom Alteisen-Händler abgeholt zu werden.

Den Eingang zu dieser von den Altstadt-Sanierern offenbar vergessenen Gasse markiert das Schild *Aux trois serpents* („Zu den drei Schlangen"). Keine exotische Kneipe etwa, in der kongolesische Tafelfreuden die Speisekarte zieren, sondern

Marché du Temple

dern ein Lederwaren-Geschäft. Sehr viel mehr als drei Schlangen haben wohl nicht ihr Leben lassen müssen, um dem eher tristen Angebot einen Hauch von Luxus beizumischen.

Sehr viel geschäftiger geht es im nahegelegenen Marché du Temple zu, in dem sich seit Jahrzehnten schon eine minderbetuchte Kundschaft mit Lederjacken und Mänteln eindeckt, die in den feinen Läden der Innenstadt schon in der Vorsaison vom Bügel genommen wurden oder die aus der Überschußware der Massenbetriebe stammen.

Am Rand des überdachten Marktes, der ein wenig an die abgerissenen Hallen denken läßt und nach deren Vorbild auch nachgebaut wurde, liegt der stille und beschauliche Square. Ein kleiner Park mit Pavillon und einem Ententeich und vielen Bänken. Nichts ist mehr geblieben von den Zeugnissen des Templer-Ordens, der einmal zu den Großgrund-Besitzern in Paris zählte und rund ein Viertel städtischen Bodens sein eigen nannte.

Philipp der Schöne löste zu Beginn des 14. Jahrhunderts mit päpstlichem Segen den zunehmend lästigen Orden auf und

Square du Temple

verleibte sich einen Großteil seines Besitzes ein. Den Rest vermachte er dem Johanniterorden, den späteren Maltesern. Als die im Zuge der Revolution vertrieben wurden, kerkerte man die königliche Familie in dem Turm des Temple ein. Der Turm wurde später abgerissen, nachdem er zunehmend zur Pilgerstätte eingefleischter Royalisten geworden war. Man muß von dort aus nur ein paar Straßen durchqueren, um das angeblich älteste Haus von Paris ausfindig zu machen. Es steht in der Rue Volta Nr. 3 und stammt aus dem 14., wenn nicht gar dem 13. Jahrhundert. Andere Quellen freilich orten das älteste Haus in der Rue de Montmorency. Es gehörte dem Schriftsteller Nicolas Flamel und beherbergt heute ein Restaurant.

Dem Haus in der Rue Volta gegenüber hat sich eine nichtssagend häßliche Nachkriegsfassade aufgebaut. Ein *bal-musette* bei Léo Malet: Chez Amédée, *le valet de carreau.* Die Bar, in der im Musikautomaten unablässig *la valse des orgueilleux* dudelte und Nestor Burma dem mysteriösen Anrufer bei Cabirol auf die Schliche kam. Heute ist aus dem *bal-musette* ein Nachtklub geworden, der sich *le tango* nennt, verwirrenderweise aber als eine der heißesten Adressen für schwarzafrikanische Folklore gilt.

Auf dem Rückweg zu den eigentlichen Brennpunkten des Marais-Fiebers ist dem Burma-Spurensucher ein weiteres Erfolgserlebnis beschert. An der Ecke Rue du Temple und Rue Pastourelle findet sich noch heute – wenn auch kein Scherzartikelladen – ein Spielwarengeschäft. Nur trägt es nicht mehr den ihm von Malet zugedachten altväterlichen Namen *omnium de rire.* Dem Neupariser Amerikanismus angepaßt präsentiert es sich als *Gift Center.* Monsieur Mareuil, mittlerweile auch schon in die Jahre gekommen, wird sich wohl längst aufs Altenteil zurückgezogen haben. Vergeblich habe ich in der Vitrine nach den von ihm geschaffenen Pinguin-Figuren Ausschau gehalten. Massenware aus Hongkong und Taiwan beherrscht die Auslagen.

Manche der vielen Sträßchen und Gassen in diesem Viertel sind so schmal, als habe man sie im nachhinein in dieses Häusergewirr hineingeschnitten. Dabei sind sie so alt, daß sie über

Rue Volta mit dem ältesten Haus von Paris. Im Hintergrund „Le Tango“, das „bal-musette“ im Roman.

Das „omnium de rire“ im Roman

Jahrhunderte hinweg ihre wechselvolle Geschichte zu erzählen wüßten. Es waren zum Teil nicht mehr als Zufahrtswege zu prachtvollen Stadtpalästen, die längst der Spitzhacke zum Opfer gefallen sind. Aufgegeben und an Gewerbetreibende verschachert, als das Marais im 18. Jahrhundert aus der Mode kam, als die feinen Herrschaften sich neue Anwesen im Faubourg St. Honoré suchten oder auf der anderen Seite der Seine, im Faubourg St. Germain, die bis heute bevorzugte und sündhaft teure Wohnviertel blieben. Die Revolution vertrieb schließlich die letzten Aristokraten aus dem Marais und dem sich anschließenden Temple-Bezirk.

Dem Müßiggang folgte geschäftiges Treiben in den großzügig angelegten Höfen. Die Paläste wurden zu Hütten degradiert. Es wurde abgebaut und angebaut und zugebaut. Lagerhäuser entstanden, Stapelplätze und Zollspeicher. Später dann, längst in unserem Jahrhundert, als die kleinen Betriebe dem immer stärker werdenden Konkurrenzdruck größerer Firmen nicht mehr standhielten und ihr Gewerbe aufgaben, da drohte das Marais vollends zu verfallen. Erst de Gaulles

Der im Text erwähnte Nippesladen

Kulturminister Malraux zog Anfang der 60er Jahre die Notbremse und stoppte den bis dahin fast unkontrollierten architektonischen Wildwuchs. Seine Verfügung, das Marais-Viertel unter Denkmalschutz zu stellen, hat sicher etliche Stadtpaläste vor der endgültigen Zerstörung bewahrt. Fortan besannen sich die Spekulanten auf die vornehme Tradition der Gegend. Heute sind viele der Stadthäuser in luxuriöse Eigentumswohnungen aufgeteilt. Eine begehrte Geldanlage für wohlhabende Provinznotablen vor allem.

So flott kann die Konjunktur jedoch nicht laufen, als daß nun das gesamte Marais, in gediegene Appartement-Wohnungen aufgeteilt, die Blütezeit seiner jugendlichen Jahre wiederfände.

Da gibt es eben noch zum Beispiel diese kleinen Gäßchen wie die Ruelle Sourdis an der Rue Charlot, die längst sich selbst überlassen ist. Ein städtebaulicher Blinddarm, den man wahrscheinlich nur deshalb noch nicht herausoperiert hat, weil er niemandem wehtut. Fünfzig Meter Kopfsteinpflaster ohne jede Funktion stoßen auf eine Mauer. Vor ein paar Jahren hat man den ohnehin leblosen Pfad mit einem Eisengitter von der Öffentlichkeit ausgesperrt. Ein herrenloses Damenfahrrad lehnt an der Wand einer Steinbaracke, in die ein verrostetes und kaum noch lesbares Schild der Wach- und Schließgesellschaft eingeschraubt ist. Einziges Lebenszeichen in diesem toten Winkel gibt ein kümmerlicher Fliederstrauch.

In der Rue de Beauce, in die kaum ein Lieferwagen hineinpaßt, öffnet sich unvermittelt ein Weg, der nach nur wenigen Metern auf einen Markt führt: den Marché des Enfants-Rouges. Er trägt seinen Namen nach einer Kinderklinik, in der den jungen Patienten früher rote Kleider verpaßt wurden.

Aber zurück in die Rue de la Perle, wo die Spürnase Burmas weit erfolgreicher war als der ratlose Blick des Nachwanderers rund drei Jahrzehnte später. Eine ganz und gar aufgeräumte Straße, in der längst jeder Ofen einer Gießerei erkaltet ist. Auch der Gang um die Ecke in die Rue de Thorigny läßt vermuten, daß Madame Jacquier das Weite gesucht und irgendwo in der Provinz ein neues Haus gefunden hat. Oder

Hôtel Salé, heute Picassomuseum

sollte sie aus dem Ertrag ihrer verkauften Gießerei das heimische Domizil von Grund auf renoviert haben?

„Auch dieses Haus hatte unter den Jahren und den Menschen gelitten“, schreibt Malet. Heute leidet hier niemand mehr. Das schwere Portal bleibt dem unwillkommenen Besucher verschlossen, wenn ihm einer der gewiß betuchten Bewohner nicht den Nummerncode mitgeteilt hat. Schließlich spricht mich eine Dame, die den Code zu knacken weiß, auf deutsch an. Fragende Blicke, die an Häuserfassaden nach oben wandern, müssen offenbar etwas Deutsches an sich haben. Überrascht und umständlich erkläre ich ihr den Sinn meiner Nachforschungen. Natürlich hat sie niemals etwas von Madame Jacquier gehört. Auch Léo Malet und Nestor Burma, so gibt sie vor, kennt sie nur vom Hörensagen. Sie wohnt überhaupt nur vorübergehend hier. Aber an der Ecke, in dem kleinen Café, sagt sie, sitzt ein älterer Herr, der schon seit langem hier zu Hause ist. Der könne mir sicher einiges über die Jahre erzählen, in denen es noch so wie früher war.

Ein flüchtiger Blick in den Vorhof genügt, um letzte Zweifel zu beseitigen. Hier sind längst andere Mieter eingezogen. Der Mann im Café an der Ecke ist gerade nach Hause gegangen, sagt der Patron. Nein, er selbst weiß nicht, wie es früher hier ausgesehen hat. Er ist auch erst seit zwei Jahren hier und seit dieser Zeit wird immer weiter renoviert.

So auch das Hôtel Salé, das zu Burmas Zeiten noch „unter häßlichen Verschönerungsarbeiten ohne Stil und Geschmack teilweise verschüttet“ war und, sorgfältig herausgeputzt, im September 1985 als Picasso-Museum für die Öffentlichkeit freigegeben wurde. Seinen ‚gesalzenen‘ Namen verdankt es dem ersten Besitzer, einem Steuereintreiber, der sich seinen Lebensunterhalt (wohl nicht allein) durch den Einzug der Salzsteuer gesichert hatte. Gemessen an der Ausstattung des Palais muß der Salzkonsum im 17. Jahrhundert enorm gewesen sein.

Weitaus prächtiger noch ist das Hôtel Carnavalet, das das Pariser Stadtmuseum beherbergt. Eines der sehenswertesten Museen überhaupt in Paris. Vor allem für Spurensucher der

Hôtel Soubise

Revolutionsära. So läßt sich dort zum Beispiel das Modell der Bastille bewundern, behauen aus einem der Steinblöcke, die damals abgetragen wurden. Die aus Originalstein nachgebildeten Bastille-Miniaturen erfreuten sich Ende des 18. Jahrhunderts einer regen Nachfrage in den Départements der Provinz. Gleichsam als Mahnmal der gestürzten Monarchie. Die meisten Steine aus der abgetragenen Ruine wurden allerdings zum Bau der Concorde-Brücke verwendet, „auf daß das Volk Gelegenheit erhalte, die Reste der Tyrannei täglich mit Füßen zu treten." Auch Schlüssel und allerlei Foltergerät ruhen unter einer Glasvitrine. Und natürlich darf die Nachbildung der Guillotine nicht fehlen, jenem halsabschneiderischen Hilfsmittel der Scharfrichter. Bekanntlich ist dieses Blutgerüst dem erfindungsreichen Arzt Dr. Guillotin zu verdanken. Weniger bekannt ist freilich, daß erst die solide Handwerkskunst des deutschstämmigen Klavierbauers Tobias Schmidt dem Fallbeil jene technische Finesse verlieh, die Tausende von Opfern der Revolution kopflos werden ließ.

Überzeugte Royalisten mögen klammheimlich Genugtuung darüber empfinden, daß schließlich auch der revolutionäre Bösewicht Robespierre diesem Schicksal nicht entging.

Eines der Glanzstücke unter den im Carnavalet ausgestellten Dokumente ist sicher der letzte Brief, den Robespierre unmittelbar vor seiner Verhaftung an die Kommune schrieb und den ein Blutfleck ziert. Noch ehe Robespierre nämlich seine Unterschrift unter das Schreiben setzen konnte, traf ihn der Schuß eines Sergeanten, der ihn verhaften sollte.

Weitaus friedlicher wirkt dagegen der Frisiertisch der Marie-Antoinette, und auch Restbestände des Tafelsilbers der königlichen Familie sind aus dem Gefängnis des Temple gerettet worden, in dem Louis XVI. mit Frau und Kindern auf seine Aburteilung wartete. Nur wenige hundert Meter vom Carnavalet entfernt ist im Hôtel de Soubise das Nationalarchiv untergebracht. Mit Milliarden von Dokumenten, die kilometerlang Regale füllen, ist es das wohl reichhaltigste Archiv der Welt. Unter den Tagebuch-Notizen Ludwigs XVI. findet sich dabei am schicksalshaften Tag des 14. Juli 1789 die voreilige Bemerkung *rien*, also: nichts. Das mag schadenfrohe Republikaner dazu bewogen haben zu verschweigen, daß es sich hierbei um das Jagd-Tagebuch des Königs handelt. Überliefert ist damit lediglich, daß der glücklose Monarch an jenem Tag kein Wild erlegt hatte. Maurice Badoux, der eifrige Student, der immer wieder ganze Nachmittage im Hôtel de

Altes Hôtel, heute Grundschule

Soubise verbracht hat, wird kaum sehr viel Zeit aufgewendet haben, um im ersten Stockwerk die eindrucksvollen Schriftstücke unter die Lupe zu nehmen, die ganze Epochen französischer Geschichte aktenkundig machen. Da läßt sich ein Dokument aus dem 7. Jahrhundert nachlesen, auf dem der legendäre König Dagobert die Teilung seines Landes ratifiziert, sofern man denn über ausreichende Kenntnisse in Populärlatein verfügt. Auch ein Brief der Jeanne d'Arc an die Einwohner der Stadt Reims ist erhalten sowie das Testament von Ludwig XIV. und von Napoleon.

Maurice Badoux freilich wollte sich mit der Lektüre von derlei historischem Schriftgut nicht zufriedengeben. Den diskreten Schatzsucher trieb es zu den Geheimnissen des Hôtel Barbette. Nestor Burma notierte im Zuge seiner Ermittlungen: „Ecke Rue Vieille-du-Temple stand der Turm Wache. Ein neues graues Dach schützte die Ruine, die vielleicht restauriert werden sollte."

Vielleicht. Heute jedenfalls ist vom stolzen Stadtpalais der Königin Isabeau von Bayern nichts mehr geblieben. Ein häßliches Loch gähnt dort Leere und verunstaltet den historischen

Stadtwinkel wie ein herausgebrochener Eckzahn ein ebenmäßiges Gebiß. Demnächst, so verspricht eine Holztafel zukunftsfroh, sollen hier – wie anders auch? – neue Eigentumswohnungen entstehen.

Die Studierstube des unglückseligen Maurice, in der Rue du Temple, das Büro des raffgierigen Jules Cabirol in der Rue des Francs-Bourgeois und das bescheidene Zuhause des beklagenswerten Charles Sébastien, der an den Flammen, die die Leiche Jacquiers verschlangen, verrückt geworden ist – all diese tristen Heimstätten von Lug und Trug, von enttäuschten Illusionen, von Wahnvorstellungen und schließlich auch von Mord, sie mögen sich hinter den grauen Wänden verbergen, die (vorerst) keiner renovieren will.

Ein letzter Abstecher führt zum Boulevard des Filles-du-Calvaire. Ein mit verspielten Ornamenten verzierter Rundbau beherbergt den Cirque d'Hiver, den Winterzirkus, in dem die Trapezkünstlerin Miss Pearl ein so tragisches Ende fand. Die großen Zeiten der Manege sind vorüber. Der Cirque d'Hiver öffnet seine Türen nur noch zu sporadischen Gastspielen. Die kleine Bar *Le Clown* mit ihren Keramik-Male-

Cirque de Hiver (Winterzirkus)

reien aus der Zeit der Belle Epoque liegt gleich neben dem *Foyer des Artistes* in der Rue Amelot. Dieses urgemütliche Bistro war viele Jahre lang der Treffpunkt der Zirkusleute von nebenan.

Stolz hat der Patron, der Italiener Emilio, all die Erinnerungsfotos mit den Widmungen an die Wand geheftet. Auch Schauspieler waren dort Stammgäste. Der berühmte Jean Gabin zum Beispiel. Emilio, so erzählt mir sein Nachfolger, ein Franzose, hat vor ein paar Monaten eine Brasserie im 8. Arrondissement übernommen. Er wollte das Quartier wechseln, als auch die Kundschaft wechselte. Tatsächlich: Von den Gästen an den Nebentischen sieht keiner so aus, als könne er Tiger durch einen Reifen springen lassen. Auch so einer wie der muskelbepackte Mario ist nicht auszumachen. Keiner mit gezwirbeltem Schnurrbart, der unter dem Ringelhemd die Bizeps spielen läßt, und als die Tür aufgeht, betritt nicht etwa Antonio, der Zauberer, die Kneipe, mit wallendem Überwurf und schwarzem Zylinder, der, kaum gelüftet, ein Dutzend Kaninchen oder Tauben freigibt, sondern ein biederer Möbelpacker-Typ in blauer Latzhose, der an der Theke ein Bier trinkt.

Der Alte da drüben, der zum Nachtisch einen Karamell-Pudding bestellt hat und seit der Vorspeise schon tonlos vor sich hinbrabbelt, der sieht am ehesten noch so aus, wie man sich einen alternden Clown vorstellt, wenn er abgeschminkt ist.

Wissen Sie, sagt der Emilio-Nachfolger, als er abkassiert, das muß mal eine tolle Stimmung hier gewesen sein. Aber in diesem Viertel von Paris hat sich in den letzten Jahren besonders viel verändert. Ja, sage ich, den Eindruck habe ich auch.

Peter Stephan
im September 1985

Anmerkungen des Übersetzers

Seite 12: **Die Verpackungskünstler von Borniol:** Bekanntes Beerdigungsinstitut in Paris.

Seite 13: **Hundert Scheine ... schmierige Tausender:** Es handelt sich bei allen Geldbeträgen, von denen im Laufe des Romans die Rede ist, um «alte Francs».

Seite 20: **Bal-musette:** Volkstümliches Tanzvergnügen, bei dem nach Akkordeon getanzt wird.

Seite 20: **Le valet de carreau:** = Kleiderständer; **le carreau du Temple** = Teil des Marché du Temple, in dem billige Kleidung verkauft wird.

Seite 23: MRP: **Mouvement républicain populaire** (Republikanische Volksbewegung; Volksrepublikaner)
SFIO: **Section française de l'Internationale ouvrière** «Französische Sektion der Arbeiterinternationale» (Sozialistische Partei Frankreichs)
EDF: **Electricité de France** (Französische Elektrizitätsgesellschaft)
SVP: **S'il vous plaît** (bitte)
BHV: **Bazar de l'Hôtel de ville** (Name eines Pariser Kaufhauses)

Seite 24: **Fresnes:** Stadt im Département Val-de-Marne

Seite 27: **Nero Wolfe:** Held einer amerikanischen Kriminalserie.

Seite 49: **Santé:** Zentralgefängnis in Paris

Seite 69: **Tour Pointue:** Polizeidienststelle im Palais de Justice.

Seite 85: **Ecole technique:** etwa Berufs- oder Gewerbeschule.

Seite 90: **Schrecken, die Goya zu malen vergessen hat:** Anspielung auf Goyas Bildersammlung **Los Desastres de la Guerra.**

Seite 103: **Ecole polytechnique:** Vom Arbeitsministerium verwaltete Hochschule zur Ausbildung von Ingenieuren in Paris.

Seite 115: **Quai des Orfèvres:** Sitz der Kriminalpolizei in Paris.

Seite 160: **Rungis:** Ort im Département Val-de-Marne.

Straßenverzeichnis für das 3. Arrondissement

L	19	Boulevard des Filles-du-Calvaire
K	19	Place de la République
L	18	Rue de Archives
L	18	Rue Au Maire
M	18	Rue Barbette
L	18	Rue de Bretagne
M	18	Rue Elzévire
M	18	Rue des Francs-Bourgeois
L	18	Rue des Gravilliers
M	18	Rue des Hospitalières-Saint-Gervais (4. Arrondissement)
K	18	Rue Meslay
L	18	Rue Pastourelle
M	18	Rue de la Perle
M	17	Rue Rambuteau
L	18	Rue du Temple
M	18/19	Rue du Thorigny
K	17	Rue Vaucanson
L	18	Rue des Vertus
M	18	Rue Vieille du Temple
K	18	Rue Volta
L	18	Square du Temple

Inhaltsverzeichnis

„Seine Heimatstadt Nizza verläßt der liebenswerte Held des Autors Jean Mazarin nur, wenn er den untreuen Ehefrauen seiner Kunden in benachbarten Ortschaften nachspüren muß oder sich mit verbannten Ölscheichs oder abgehalfterten Schauspielerinnen herumschlägt. Frankie-Pats beruflicher Ehrgeiz beschränkt sich vor allem darauf, seinem großen Vorbild Philip Marlowe alias Humphrey Bogart so ähnlich wie möglich zu sein, vom Hut bis zum Trench. Die Arbeit hat Frankie-Pat nicht gerade erfunden: Ganze acht Kunden verbucht er in seinem dreijährigen Berufsleben; lieber sitzt er in seinem Stammcafé ‚Cols bleus', als anderen Leuten nachzuspionieren. Dafür ist er eitel für drei und ein unverbesserliches Muttersöhnchen; und er ist ein Pied-Noir, ein Algerienfranzose. Der Autor nimmt die Pieds-Noirs ohne Häme auf die Schippe: Jean Mazarin ist selbst Algerienfranzose. Daß der Wortwitz bei der Übersetzung nicht verlorenging, ist Christel Kauder zu verdanken."

Die Zeit

Jean Mazarin

Krimi von der Côte d'Azur

- **Saure Trauben für Puntacavallo**
- **Puntacavallo, ein sonniger Schnüffler**
- **Puntacavallo auf der Ölspur**

Übersetzt von Christel Kauder, mit einem Nachwort von Ysabel Saïad.
Ca. 200 Seiten, gebunden, DM 24,–

ELSTER VERLAG

Lange Str. 33 · 7570 Baden-Baden
Telefon 07221/29590

Serientäter

Horst Bieber
Jede Wahl hat ihren Preis (2820)
Scherenschnitte (2881)
Sein letzter Fehler (2756)
Wrozeks Meineid (2704)

Robert Brack
Blauer Mohn (2886)
Die Spur des Raben (2906)

Bob Cook
Arrivederci Roma (2870)
Figuren im Zwielicht (2821)

Howard Engel
Es kommt alles ans Licht (2745)
Mord stand nicht im Drehbuch (2691)
Ticket für einen Toten (2833)

Georg Feil
Das Gesetz (2722)
Todsicher (2803)

B.M. Gill
Herzchen (2818)
Othellos letzte Probe (2827)
Seminar für Mord (2775)
Zündstoff für das Parlament (2667)
Der zwölfte Geschworene (2738)

Jan Michelet
Tod im Vorüberfahren (2749)
Weiß wie Schnee (2790)
Zwischen Hammer und Amboß (2755)

Serientäter

Jerry Oster
Dschungelkampf (2773)
New York Babylon (2758)

Poul Ørum
Der Schatten neben Dir (2657)
Die letzte Flucht (2822)

Jean-Bernard Pouy
Feuer für Jeanne (2852)
Geld für kleine Engel (2861)
Volle Dröhnung (2856)

J. William Reynolds
Eiskalt in Omaha (2836)
Nebraska in der Unterwelt (2779)

Fernando Schwartz
Die Falken (2829)
Die Verschwörung am Golf (2838)

Julian Symons
Ein irres Lachen (2844)
Der 31. Februar (2871)

Werner Waldhoff
Ende der Autobahn (2737)
Das Gesicht unter Wasser (2793)
Querschläger (2730)

L. R. Wright
Die Galerie der Toten (2825)
Tiefer Grund (2847)

thriller rororo

C 2115/11 a